觅食记

谢冕 著

北京大学出版社
PEKING UNIVERSITY PRESS

目录

前言　味鉴　*1*

面食八记

饺子记盛　*11*
馅饼记俗　*17*
面条记丰　*25*
烧麦记雅　*32*
春饼记鲜　*38*
包子记精　*45*
馄饨记柔　*52*
馒头记粗　*59*

小吃の记

燕都小吃记　　67

闽都小吃记　　75

蜀都小吃记　　83

粤港小吃记　　89

燕都之记

这城市已融入我的生命　　97

那一碗卤煮火烧　　124

维兰　　130

禅猫　　136

红辣仔　　141

寻味十一记

一碗杂碎汤等了三代人　149

美不可言的八碟八碗　154

除夕的太平宴：闽都岁时记　160

江都河豚宴记　167

一路觅食到高邮　172

"三生有幸"记：巴黎三日美食之旅　178

杂碎汤奇遇记　191

迎春第一宴　198

在美国吃中餐　203

随园八珍记　212

川中码头酒楼　218

末篇　觅食寻味　　223

附录　谢冕谈吃：四问四答　　228
后记　唯诗歌与美食不可辜负　高秀芹　　239
跋　觅食与觅诗　王干　　244

味鉴

前言

    吃饭喝酒，是味觉上的享受，讲究的是味道。关于吃食，我说过一些话，被误传为谢某"不咸不吃"。其实不是，原意是：该咸不咸，不吃[*]。旅行在外，吃宾馆里的菜肴，往往苦于乏味，每道菜几乎都缺盐。记得那年，在南方某学校吃食堂，菜品繁多，目不暇接，缺点就是，太淡，寡味！因为是

---

[*] 那年王路、胡长青陪同第三次登泰山。事后王路发微信："谢老师不咸不吃，不甜不吃，不油不吃，83岁能步行登泰山。"其实，本意应当是："该咸不咸，不吃；该甜不甜，不吃；该油不油，不吃。"

无所选择，于是每餐都自带食盐，免得每次都呼人送盐。由此得出结论：平庸的厨师不会也不敢用盐。他们宁肯寡淡，寡淡不担风险。而精明的厨师却是勇者，敢于用盐，往往一锤定音，而境界全出。

五味之中，盐是霸主，盐定味，糖提鲜，此理主厨者皆知。不会用盐，犹如医师开方，犹豫而不敢在主药下足分量，庸医于是就出现了。一些大的、老字号的饭店，菜端上来，不用怀疑，就是这个味，因为厨师下手有数。其实，好饭店不一定要上高端珍品，能把普通菜做成精品才是名厨。没有窍门，其道理很简单，火候食材等因素除外，适量用盐最是关键。我的一位朋友，吃饭很老到，他专拣大饭店点普通菜，便宜，到位。我说过的北大畅春园超市的饺子，每次吃，每次都满意，酱油醋等不用外加，不假思索，张口就吃，也是因为到位，够味，"信得过"。

吃饭就是求味觉的满足，盐不到位，便乏味。这是就一道菜而言的，推而广之，就一次宴席而言，其理亦同。一桌人围坐,主人出于礼节,请客人各点一道菜。众人欣然曰:好好,还是点清淡些的。结果八九人点出十几道菜——不是白菜豆腐,就是豆腐白菜。这场面我经历不止一次了,每次都很扫兴,也很尴尬。碍于情面,只能把不悦憋在心里:这是吃饭还是比赛风雅?这里的潜台词是,"清淡"是高雅而时尚的,要是点"清淡"以外的,就俗气了。于是,就满桌的白菜豆腐、豆腐白菜!

上面说的是集体会餐,一桌的寡淡让人郁闷。其实,所谓每人点一道菜,乃是西方的规矩,因为西餐是"各吃各的",每人点自己爱吃的一道主菜就行,无须考虑众人口味。中餐则不同,中餐是围桌而坐,讲究的是综合和协调。一桌人围坐,菜单一般是由主人预订的,有时也由主人临场发挥,当场点。除了宴请熟朋友,我本人是轻易不敢临场发挥的,这不啻是一场"冒险",因为此时往往七嘴八舌,各主其是,结果则是莫衷一是。我的经验是不轻易"发扬民主",而主张"独断",即由一人说了算，因为我深知众口难调。

点菜是一门高超的艺术，首先要考虑菜系，粤菜、川菜、闽菜、淮扬菜、鲁菜……中国菜系繁多，各自特点突出，若在粤菜馆点水煮牛肉，就会贻笑大方，有人在川菜馆要求"不辣"，也近于无知。中国菜南甜北咸，差别在天地之间。在无锡，犹如吴侬软语，往往甜得柔情万种，而在燕赵大地，则是重油重盐，犹如易水风寒，慷慨悲歌！晋人嗜酸，无醋不欢，霸气冲天；蜀地喜辣，红油火锅，挥汗如雨！所以，宴客点菜首先要考虑菜系，特别是这个菜系的名菜和招牌菜，这才"近于专业"。一桌成功的宴席，主事者除了了解菜系和菜馆，还要兼顾客人的组成，他们口味不一。荤菜素菜，软菜硬菜，爆、炒、汤、蒸，拼盘宜淡，主菜宜重，先轻后重，次第顺进，直抵高潮。高潮而后，这才甜食和果类登场，是甜蜜的余绪，宴会于是在暖意浓浓的"皆大欢喜"中圆满结束。

点菜难，因为这是一道调和众口的艺术。记得早年家里灶间,有祖传剪字,乃是先人手书的一副对联:"此间大有盐梅手,以外从无鼎鼐人。"此语有魏晋遗风,似是出自钟鸣鼎食之家的口气。"盐梅手""鼎鼐人",原指厨师,但此处却有题外之音。古人常把宰相比厨师,因为厨师知百味,大厨师更能协调众人之口味。能调百味者,相国之才也。因而"鼎鼐万家"说的不是厨师,而是大相国。

话扯远了,还是回到主人点菜上面来,此时环顾列座众人,想着各人的口味,南北西东,咸甜酸辣,理应兼顾而容人。主人首先重视的是"各悦其悦",再进一步,则是试图扩展他们的味觉,进而共享众人之悦。正是此时,厨师就跃身而为一人之下万人之上的"国师"了。我知道"治大国若烹小鲜"这话的原旨,但更愿意借此以形容我此时此刻的感受。点一桌菜,让大家开心,这里难道不包含更丰富的意义吗?常言道:众口难调。此刻经高超的"厨艺"的调理,这古来的难题,却是迎刃而解!

这篇小文有感于厨师不敢用盐引起,乏味!

食物缺盐是乏味，人生寡淡是乏味，我本南人，家乡饮食偏甜，习性并不重盐。我的口味很宽，咸甜酸辣从不忌口，且常常奚落那些口味偏执而自诩为"美食家"者。但即使如此，我仍对"缺那么一点盐"耿耿于怀！这说的是咸，甜也一样，不到位，也是败笔。几年前吃粤产萨其马，包装精致，一吃，就差一句国骂出口。这道京城名吃，既缺油，又不甜，又不酥软，全变味了。乏味，说的是不够味，缺盐，缺甜，缺油，都败人胃口，都令人愤愤。

在汉语中，"五味杂陈"是贬义，犹如"五色乱目""五音乱耳"一样。《道德经》第十二章讲"五色令人目盲，五音令人耳聋，五味令人口爽"，指欲望多了易成反面，"口爽"者，诸味杂陈，反而伤败纯正的味道也。这是道家的一种审美准则。而我斗胆不持此议，我认为饮食之道在于多样，"五味杂陈"方是正道。一桌酒席，甜酸苦辣咸，五味杂陈，让众口尝百味，从而改变人们的口味偏见和积习，乃是饮食应有之道，是为常态。

而我则始终我行我素，坚持我的主张：有味，够味，恰到好处的足味。而断然拒绝的则是：乏味。啤酒要冰而爽，咖啡要热且浓，杜绝温吞水。冷也好，热也好，甜也好，咸也好，都要各在其位，都要各显其能。愚生也钝，生性也许平和，处事也许雍如，但内心却是一团熊熊烈焰——热情、坚决，甚而激烈，这是品味饮食吗？不，也许是在追寻人生的一种境界。

写作后记。己亥、庚子之交，瘟疫自天而降。自冬及春，百业闭门，万民禁足，元宵幽月无灯，举国悲声。国事如此，内心戚戚，遂作闲文。乏味者，非言宴饮之道，实乃适时之感也。

二〇二〇年二月二日至二月二十日
一串吉祥的数字，却是尽显不祥的年月
于京郊昌平北七家（此际小区严控出入，形同囚国）

饺子记盛

中国人的主食，南方重米，北方重面。这是由于南方多产稻米，北方多产小麦。北方盛产小麦，因此面食的花样层出不穷，眼花缭乱，面条、烙饼、馒头等，其中最主要的是饺子。北方人年节、宴客乃至日常居家，最常见、也最隆重的餐食活动是"包饺子"。包饺子的活动，从和面、揉面、擀面，再到剁馅、调馅，一大套，很是啰唆。南方人对此往往视为畏途。而在北方人那里，特别是在北方的媳妇、婶子手中，却是神奇地"一蹴而就"的日常功夫。我是南方人，原也属于视为畏途一族，因为在北方生活久了，不觉间饺子也成了最爱。

我至今仍不习惯，甚至不喜欢吃馒头，馒头实际上只是一团蓬松的面坨，单调而"乏味"。由于它是发面的，人家取它的优点是松软，我恰恰是因它的"棉花状"而难以吞咽。数十年了，总爱不起来。饺子则不同，外皮是不发酵的实面，吃起来润滑好下口。饺子皮一般不添加什么，近来也有所谓五彩的，用各种蔬菜汁染色，那是特例，并不见佳，倒是单纯的白面好。因为饺子裹着馅，而馅是繁复多彩的。单纯的外皮和复杂的内馅，因反差互补而成了一道美食。北方人很为饺子自豪，自豪到了马可·波罗那里。说是老马把饺子传到了意大利，那里的人学不会，结果把馅放到了外面，就成了后来的比萨饼。此论是真是假，待考。

包饺子是一场让人愉悦欢乐的活动。北方人居家想改善生活了，就说"咱们今天包饺子吃吧"。一说包饺子，就来了精神。物资匮乏的年代，不像如今可以随意上馆子，包饺子就是一件奢华之举。过年过节，亲朋来家，最富亲情的待客之礼，就是包饺子。"包饺子"一声令下，立即兴奋起来，揉面的，和馅的，准备停当，就围坐包起了饺子。边包边说笑，不觉间一切停妥，用笸箩摆放，如花盛开。饺子下锅，热气腾腾，饺子出锅，狼吞虎咽。有情，有趣，有气势。数十年北方生活，享受过数不清的这般热闹，可依然觉得好吃但包起来费事。

我至今不会擀皮，却在北京乡间学会了包。双手一捏，就是一个，迅疾，结实，下锅不破。别人包饺子讲究花样，多少折，怎么折，图好看，玩花的。据说我包的饺子"其貌不扬"，但我很自信。这是包，即制作的环节，而饺子是否好吃，关键却是调馅。调馅的功夫其实蕴含了诸多中国烹调的道理，一是馅中的主客关系，肉和菜是主，葱姜等为辅，要适当；再就是肉和菜的搭配，肉为主，菜为辅，也需适当；就肉而言，就是肥瘦的搭配，一般说来，不能全是精肉，二分瘦，一分肥，比较合理。什么肉，配什么菜，这里有大学问，韭菜配鸡蛋，羊肉配胡萝卜，最家常的是猪肉白菜馅，加些海米，人见人爱。吃饺子，一般人爱蘸醋，而我谢绝，我深信只要馅调得好，无须借助"外援"。

吃饺子讲究薄皮大馅，过去北京街摊上卖的，是用秤称，一两六只。那时面有定量，比较金贵，不能多，想吃大馅也不成。想吃大馅饺子只有自己包。近期北大这边的畅春园超市，有卖大馅饺子的，他卖的是馅，包得越多越挣钱，这就正中消费者的下怀。这家小店只占超市门边一小间，一两张桌子、三五张椅子，现包，现称，现煮，热腾腾出锅上桌。我在这里"宴请"过许多朋友，包括外宾。吃过的无不叫好，说是京城第一。你若不信，可以亲自体验，不远，北大畅春园社区超市一个犄角便是。

北方人吃饺子不仅是享受美食，而且是享受家的温暖。在记忆中，满含着亲情的饺子被替代，甚至等同于家乡、父母。游子离家远了，想家，连带着想起妈妈包的饺子、炊烟的味道，此刻，饺子就是乡愁。即使是身在万里之外的异国他乡，遇到年节，想家，又不能回，相约若干同样怀乡的朋友一道包饺子，为的是一解乡愁。记得那年在维也纳，短期开会，不是什么怀乡情切，也说不上乡愁，倒是一位奥地利教授的一顿"饺子宴"令我大为感动。

在维也纳，那些奥地利红葡萄酒，那些名目繁多的奶酪、香肠和面包，特别是烟熏三文鱼，这些异邦的美味都令我着迷。可是，接待我的汉学家李夏德却是别出心裁，带我进了维也纳中心区的一条小胡同吃饺子。铺子的名字记得是"老王饺子"，山东人老王开的，小门脸，不加修饰的若干桌椅，设有醋瓶，如同国内规矩。饺子是地道的，热腾腾的饺子上桌，捎带着一小碟大蒜。一切一如国内乡间的小铺。一下勾起了亲切的记忆，浓浓的齐鲁乡音带着胶东半岛的气息。小店只有一个厨师（老王自己），一个收银的，外加一个"跑堂"。那跑堂可是"高大上"，一位在维也纳学音乐的留学生。

李夏德介绍说，这里的饺子本色、地道，是纯粹的中国味道。他经常在这里"宴客"，有时不接待客人，自己也来。这里也常有本地人光顾，那都是一些"中国通"。

二〇一八年一月二十四日，此日丁酉腊八

馅饼记俗

在北方，馅饼是一种家常小吃。那年我从南方初到北方，是馅饼留给我关于北方最初的印象。腊月凝冰，冷冽的风无孔不入，夜间街边行走，不免惶乱。恰好路旁一家小馆，灯火依稀，掀开沉重的棉布帘，扑面而来的是冒着油烟的一股热气。但见平底锅里满是热腾腾的冒着油星的馅饼。牛肉大葱、韭菜鸡蛋，皮薄多汁，厚如门钉。外面是天寒地冻，屋里却是春风暖意。刚出锅的馅饼几乎飞溅着油星被端上小桌，就着吃的，可能是一碗炒肝或是一小碗二锅头，呼噜呼噜地几口下去，满身冒汗，寒意顿消，一身暖洋洋。这经历，是我在南方所不曾有的，平易，寻常，有点粗放，却展示一种随意和散淡，家常却充盈着人情味。

我在京城定居数十年，一个地道的南方人慢慢地适应了北方的饮食习惯。其实，北方，尤其是北京的口味，比起南方是粗糙的，远谈不上精致。北京人津津乐道的那些名小吃，灌肠、炒肝、卤煮、大烧饼，以及茄丁打卤面，乃至砂锅居的招牌菜砂锅白肉，等等，说好听些是豪放，而其实，总带着京城大爷满不在乎的、那股大大咧咧的"做派"。至于京城人引为"经典"的艾窝窝、驴打滚等，也无不带着胡同深处的民间土气。在北方市井，吃食是和劳作后的恢复体能相关的活计，几乎与所谓的优雅无关。当然，宫墙内的岁时大宴也许是另一番景象，它与西直门外骆驼祥子的生活竟有天壤之别。

我这里说到的馅饼，应该是京城引车卖浆者流的日常，是一道充满世俗情调的民间风景。基于此，我认定馅饼的"俗"。但这么说，未免对皇皇京城的餐饮业有点不恭，甚至还有失公平。开头我说了馅饼给我热腾腾的民间暖意，是寒冷的北方留给我的美好记忆。记得也是好久以前，一位来自天津的朋友来看我，我俩一时高兴，决心从北大骑车去十三陵，午后出发，来到昌平城，天黑下来，找不到路，又累又饿，也是路边的一家馅饼店"救"了我们。类似的记忆还有卤煮。那年在天桥看演出，也是夜晚，从西郊乘有轨电车赶到剧场，还早，肚子饿了，昏黄的电石灯下，厚达一尺有余的墩板，摊主从冒着热气的汤锅里捞出大肠和猪肺，咔嚓几刀下去，加汤汁，垫底的是几块浸润的火烧。寒风中囫囵吞下，那飘忽的火苗，那冒着热气的汤碗，竟有一种难言的温暖。

时过境迁，京城一天天地变高变大，也变得越来越时尚了。它甚至让初到的美国人惊呼：这不就是纽约吗？北京周边不断"摊大饼"的结果，是连我这样的老北京也找不到北了，何况是当年吃过馅饼的昌平城？别说是我馋得想吃一盘北京地道的焦熘肉片无处可寻，就连当年夜间路边摊子上冒着油星的馅饼，也是茫然不见！而事情有了转机还应当感谢诗人牛汉。前些年牛汉先生住进了小汤山的太阳城公寓，朋友们常去拜望他。老爷子请大家到老年食堂用餐，点的就是城里难得一见的馅饼。

老年公寓的馅饼端上桌，大家齐声叫好。这首先是因为在如今的北京，这道普通的小吃已是罕见之物，众人狭路相逢，不免有如对故人之感。再则，这里的馅饼的确做得好。我不止一次"出席"过牛汉先生的饭局，多半只是简单的几样菜，主食就是一盘刚出锅的馅饼，外加一道北京传统的酸辣汤，均是价廉物美之物。单说那馅饼，的确不同凡响，五花肉馅，肥瘦适当，大葱粗如萝卜，来自山东寿光，大馅薄皮，外焦里润，足有近寸厚度。佐以整颗的生蒜头，一咬一口油，如同路边野店光景。

这里的馅饼引诱了我们，它满足了我们的怀旧心情。此后，我曾带领几位博士生前往踩点、试吃，发现该店不仅质量稳定，馅饼厚度和品位依旧，且厨艺日见精进。我们有点沉迷，开始频繁地光顾。更多的时候不是为看老诗人，是专访——为的是这里的馅饼。久而久之，到太阳城吃馅饼成了一种不定期的师生聚会的缘由，我们谑称之为"太阳城馅饼会"。

面对着京城里的滔滔红尘，灯红酒绿，锦衣玉食，遍地风雅，人们的餐桌从胡同深处纷纷转移到摩天高楼。转移的结果是北京原先的风味顿然消失在时尚之中。那些豪华的食肆，标榜的是什么满汉全席、红楼宴、三国宴，商家们竞相炫奇出招，一会儿是香辣蟹，一会儿是红焖羊肉，变着花样招引食客。中关村一带的白领们的味蕾，被这些追逐时髦的商家弄坏了，他们逐渐地远离了来自乡土的本色吃食。对此世风，也许是"日久生情"吧，某月某日，我们因与馅饼"喜相逢"而突发奇想，为了声张我们的"馅饼情结"，干脆把事情做大：何不就此举行定期的"谢饼大赛"以正"颓风"！

当然，大赛的参与者都是我们这个小小的圈子中人，他们（或她们）大都与北大或中关村有关，属于学界中人，教授或者博士，等等，亦即大体属于"中关村白领"阶层的人。我们的赛事很单纯，就是比赛谁吃得多。分男女组，列冠亚军，一般均是荣誉的，不设奖金或奖品。我们的规则是只吃馅饼，除了佐餐的蒜头（生吃，按北京市井习惯），以及酸辣汤外，不许吃其他食品，包括消食片之类的，否则即为犯规。因为大赛不限人种、国界，所以多半是等到春暖花开时节岛由子自日本回来探亲时举行

"大典"。大赛是一件盛事，正所谓"暮春者，春服既成"，女士们此日也都是盛装出席，她们几乎一人一件长款旗袍，婀娜多姿，竟是春光满眼。男士为了参赛，嗜酒者，也都敬畏规矩，不敢沾点滴。

我们取得了成功。首届即出手不凡，男组冠军十二个大馅饼，女组冠军十个大馅饼。一位资深教授，一贯严于饮食，竟然一口气六个下肚，荣获"新秀奖"。教授夫人得知大惊失色，急电询问真伪，结果被告知：不是"假新闻"，惊魂始定。遂成一段文坛佳话。一年一场的赛事，接连举行了七八届，声名远播海内外，闻风报名尚待资质审查者不乏包括北大前校长之类的学界俊彦。燕园、中关村一带，大学及研究院所林立，也是所谓的"谈笑有鸿儒，往来无白丁"的高端去所，好奇者未免疑惑，如此大雅之地，怎容得俗人俗事这般撒野！答案是，为了"正风俗，知得失"，为了让味觉回到民间的正常，这岂非大雅之举？

写作此文，胸间不时浮现《论语》的《侍坐章》情景，忆及夫子"喟然叹曰：'吾与点也'"往事,不觉神往,心中有一种感动。夫子的赞辞鼓舞了我。学人志趣心事,有事关天下兴亡的,也有这样浪漫潇洒的,他的赞辞建立于人生的彻悟中,是深不可究的。有道云:"食、色,性也。"可见饮食一事,雅耶?俗耶?不辩自明。可以明断的是,馅饼者,此非与人之情趣与品性无涉之事也。为写此文,沉吟甚久,篇名原拟"馅饼记雅",询之"杂家"高远东,东不假思索,决然曰:"还是'俗'好,更切本意。"文遂成。

> 二〇一九年二月四日至二月五日,岁次戊戌、己亥之交除夕立春,俗谓"谢交春","万年不遇"之遇也。

面条记丰

中国幅员广大，基于气候、地理和物产的差异，饮食习惯南北判然有异，大抵南方重稻米，北方重麦类。我的家乡福建人不会做馒头，也不会包饺子。记得幼时，馒头是山东人营销的，有专门蒸馒头的店，叫山东馍馍，店一般都小，往往供不应求。到北方久了，也发现北方邻居很少做米饭，他们宁可到集市去买现成的面食，而懒于自己做米饭。这种南北差别是明显的。在诸种主食中，能被南北方"通吃"的主食很少，面条似乎是个例外。面条古称汤饼，西晋束皙有《饼赋》，说面条"弱似春绵，白若秋练。气勃郁以扬布，香气散而远遍"。以往都认为面条在汉末方才出现，但考古人员却在青海民和的喇家遗址发现了一碗距今四千年的面条遗存。言者称："四千年前的那碗面条至今飘香。"*

---

* 王仁湘:《四千年前的那碗面条至今飘香》,《光明日报》, 2018年8月18日。

我到过中国的很多地方，到处都有面条，而且都能造出自己的风味来。那时我无心，没有想到日后做饮食方面的文章，于是名目繁多且风味各异的面条，吃了也就是一声赞叹，没有留下文字记载，渐渐地记忆模糊了。如今提笔，犹记在遵义夜摊上吃过的一碗面条，口感和用料都非常特殊，留下的印象只记得面条是褐色的，其余一切全忘了。其实，这类谈饮食的文字多半是记叙的，例如用料、形制、火候、汤汁，以及佐料、口感，等等，均应当时静观而默记于心，日后写起来就容易得多，抒情或发挥倒在其次。

尽管如此，大略的记忆还是有的。例如山西的面食品种最多（据说多达二百余种），当年造访三晋大地，从太原一路南行，榆次、平遥、介休、洪洞、曲沃，直抵晋陕交界的风陵渡，都是黄河遥远的涛声与面条的诱人香气一路相伴。山西面条的原料以及造型、宽窄、粗细、名目繁多的各项浇头都让人眼花缭乱：剔尖、揪片、拨鱼、猫耳朵、饸饹、莜面栲栳——当然，为首的应当是名满天下的刀削面了。边走边吃，不禁惊叹山西的面食文化与地面古迹遗存同样地堪称海内之最。

遗憾的是，因为行色匆匆，这些面食多半只能在宾馆的餐厅吃，而餐厅的口味大家都有经验，多半是被一律化了，当然与民间，特别是街边小摊上的本色相差甚远。后来北大校园专门设立面馆，各个窗口有数十种来自全国各地的面条同时开放，这对我像是一种补偿。我在北大面馆吃到兰州的牛肉拉面、上海的阳春面、宜宾的燃面、四川的担担面，等等。因为商家来自全国各地，都带来各自的"看家本领"，诸路诸侯各显神通，面条的水准均是高的。进入北大面馆，因为名目繁多，往往东张西望，无所适从。但我多半会在饱赏众家之后最后选定一碗刀削面。

北大面馆的这款刀削面，一大海碗，至少三两，只需五元（小碗约有二两，为四元）。这碗面条在外边没有二十元下不来，因为是在校园内，免税，而且有补贴。分量足、价格便宜倒在其次，主要是地道。午餐或晚餐，排队买刀削面的队伍最长，但即使如此，学生们还是耐心地选择这个窗口。刀削面的重点是在面条的筋道上，厨师变戏法似的旋转着用快刀削面团，面片如雪花般纷纷飘落锅中，几番加水，翻滚数道而成。有劲，面条从滚烫的汤锅里捞出，紧接着就是一勺带着红烧肉丁勾芡的浓汤浇头，端上桌，碗底闪着诱人的红光。冬天，外边严寒，屋内，手捧面碗，热气腾腾。

这是刀削面，劲道，有嚼头，浇头滑润而霸气，代表着北方特有的坚韧和强悍。而南方的面条则是另一番景象，其代表作应当是在苏州。苏州的面条品种也是多多，浇头多达百余种，细面有若龙须，其特点是细腻、精致、绵软而爽。其著者有朱鸿兴焖肉面、陆长兴爆鱼面、斜塘老街裕兴记三虾面等。单说这三虾面，是一种拌面，虾仁、虾籽、虾黄为主浇头，上桌时，一碗干面、一碗三虾浇头、一碗青菜、一碗蘑菇炒笋、一碗清汤。很贵，很高端，但却供不应求，要预约，每年只卖两个月。

在苏州吃面，食客和店家都很精细，进门一声交代，那边就唱歌般地唱出了一长串：三两鳝丝面，龙须细面，清汤，重青，重浇，过桥！把食客的要求一一都清楚交代了。那店家，很快回应，汤是清澈见底的，面条纹丝不乱，码成"鲫鱼背"，上面漂着绿叶青丝。据说枫镇同得兴的大肉面非常出名，汤宽汤紧，重青免青，都能吃出一片清风明月，吃成与苏绣、碧螺春和苏州园林一样的风雅来。到苏州吃一碗地道的面条，是一种温柔的体验。我多次访问苏州，但却没有在苏州名店就餐的机会。倒是在上海南京路的小弄堂里，有吃一碗苏州焖肉面的经历。面端上来，清汤见底，一块焖肉约占三分之一的碗面，汤上撒着小葱花，色彩艳丽，特别是那块焖肉，色鲜红，酱香油亮而糯。面碗周边陈列小盘的各色浇头，如花盛开。

面条在中国可谓遍地开花，遍布南北西东：兰州牛肉拉面、新疆拉条子、武汉热干面、苏州奥灶面、上海阳春面、四川担担面，还有福州的线面，丝丝不断，下锅不糊，可汤可炒，可称极品。也许不应漏了京城，北京拿得出手的也就打卤面和炸酱面两种。就是这老两样，在现今的京城也是难有正宗的货色。单说那打卤面的卤,肉和鸡蛋,鸡蛋打成蛋花,金黄色浮在暗红发亮的卤汁上边,黄花、木耳,加上传统的鹿角菜,就成了。鹿角菜在北京打卤面里,犹如芽菜在四川担担面里一样,看似配角,却是万不可缺。普通面食,但看有无这配角,由此可辨真伪。

我历年漫游各地,每到一地,总要问津当地的面食。曾经在号称"美食之都"的成都,多日住在宾馆,天天面对刻板乏味的饭食,连一碗普通的担担面都不见,直至离去,可谓怨恨至极。那年在重庆也是如此,宾馆吃食,千篇一律,于心不甘,决心"造反"。私下约了二三好友,找一家面馆,一碗重庆小面,三元钱,豪华一点,再加一碗"豌炸",也不过数元。大喜,大呼,这才算到了重庆!

二〇一九年二月九日,己亥正月初五
于北京

烧麦记雅

中国面食中的许多品种都与日常生活紧密关联，面条、包子、饺子都是平常家居不可或缺的主食，犹如南方人依赖米饭一样，北方居民依赖这些面食。北方的面食品种繁多，大抵也都是常见，其中只有烧麦很少出现在平时的餐桌上。平常人家可以说，今天咱们包饺子吧，动手就是，很是平常。提及烧麦，总有隆重之感。就是说，在诸多面食中，烧麦的身份有点特殊。单看名字，它就不俗。古时烧麦称"稍梅"，亦称"烧梅"，名字中有"梅"，就雅多了。据称，也有称"稍美"的，是内蒙古"呼和浩特"的读音，就更美了。一种小吃，有这么多的好名字相伴，的确不寻常。烧麦的历史没有面条那么久远，大约盛起于明、清年间，北京出现烧麦是乾隆三年，浮山县王瑞福在前门外鲜鱼口开浮山烧麦铺。

由此引出了乾隆吃烧麦的"都一处"的故事。

烧麦有馅,但不同于包子和饺子将馅完全包裹起来,烧麦的部分内馅是外露的,它上端不封口。和饺子一样,烧麦的馅有多种,随地域习惯而定。但不论什么馅,一律都不封口,有意露出顶端。这好比女子知道自己美丽,总是半遮半掩,有意无意地展示她的美。所以,同样是一种面食,烧麦的身价不同凡响,首先就是由于它的特殊造型。在中国品种繁多的面食中,唯有烧麦用得上"如花似玉"的赞辞。它的优雅犹如一位风姿绰约的女子,主体部分丰满,中间紧缩如细腰,上端皱褶处突然绽放,如含苞待放的鲜花,又如花团锦簇的头饰。一只初出笼屉的烧麦,内馅透过薄得透明的皮儿,白里透红,洁白晶莹,鲜亮而性感,诱发的岂止是食欲!

烧麦南北都有,无论南方和北方,爱美的主人总把烧麦捏成一朵花。它的整体造型除了花的联想,更像是一只饱满的石榴,怎么看都是美的化身。在中国北方,面食是主食,面条、馒头、饺子,甚至窝窝头,称呼都不讲究,也不避俗。但是,说到烧麦，人们却一下子矜持起来了。烧麦几乎不涉家常，多半出现在酒楼歌肆的宴席过后，作为喜庆的收尾，几道精致的点心上桌，其中就有风情万种的烧麦。这烧麦的确不负众望，她总是花团锦簇、仪态万端地出场，赢得一片掌声。烧麦的品种很多，风味各呈其异，但从造型到命名都高雅而美丽：菊花烧麦，裹馅上笼前特意撒上金黄的蛋花碎末，状如秋菊盛开；翡翠烧麦，它的主馅是菠菜（或其他青菜），外加虾仁、火腿、鸡蛋黄等，透明，呈翡翠色，见于扬州富春茶社；另有一种桃花烧麦，核桃仁、白糖、桂花为馅，香甜惹人喜爱。

烧麦是面食中的一种，它的用料和内馅与普通面食并无太多差别，无非是用的面粉（也有用薯粉打粉皮的），一般是生面粉加水揉搓，也有用烫面的，擀皮儿，稍薄。说到烧麦的内馅，的确用料考究，虾仁、海参、鸡蛋、香菇、鲜笋、各种肉糜。三鲜烧麦、四喜烧麦，都是因用料而得名。记得幼时在家乡吃到一个品种，皱褶部分花团锦簇，五彩缤纷，几种不同的内馅仿佛是刻意分隔置放的，精致得令人痴迷，不忍动筷。烧麦到了南方，开始与南方的稻米联姻，糯米馅的烧麦多出自南方江浙一带。糯米烧麦一般常用蒸熟的糯米加相关的馅料调制而成，糯米松软，取其软糯而不烂熟，佐料是讲究的，酱油、盐、胡椒、酒以及少量的糖。

在福建平潭，因为是海岛地区，它的烧麦以海鲜为主，蟹黄、虾仁、紫菜、鲜肉，薯类的淀粉打底，因为皮儿是透明的，表里互显，五彩交映，鲜丽夺目。这一道烧麦可谓富贵尊荣，显示了南方特有的细腻丰盈。前年在遥远的宁夏银川，为着访问贺兰山下的葡萄园，主人张秉合安排我们入住银川的同福酒店。为我们洗尘的有一个丰盛的清真宴。张总点了当地最有名的菜肴，从手抓羊羔肉、葱烧海参、葱爆羊肉，到凉拌苦苦菜、凉拌沙葱、玫瑰饼和黑豆酸奶。特别是宾馆的笼蒸羊肉烧麦，冒着热气上桌，精心用香料腌制过的纯羊肉丁，其状婀娜，弱不禁风，招人怜爱。烧麦通明而有汤汁，吃时先吸汤汁，若南方的汤包，鲜美不可言状。这道银川烧麦，一下子改变了我对宾馆菜肴的成见，我为此得出结论：北方的烧麦同样可登极品。我们在银川数日，都选定同福餐厅，而且餐餐必点银川烧麦，直至出发去机场的饯别宴。难以忘怀的同福酒店，我创造了一口气吞食八个烧麦犹不尽兴的纪录。

现在轮到北京迷住乾隆皇帝的那个"都一处"了。它的名气很大，我曾慕名前往，可惜没有留下佳好印象。那一天上桌的烧麦，不温不热，皮是硬的，淡而少油。其实，越是老字号，越应兢兢业业，百年如一才是。对此，我的评语是：名实难副。

二〇一九年二月十九日，己亥元宵

于昌平北七家

春饼记鲜

有一段时间,我很迷恋北京街头摊子上的煎饼馃子。所谓摊子,大体是架子车运载着简单的饼铛子,下面支一个简单的炉子,玉米面、面粉、绿豆粉混成的稀面浆,经过饼铛上加温,摊成薄饼,打上一个鸡蛋,摊平,翻个个,用刷子刷上酱料,要辣椒?就再加一刷。最后一道工序,是裹上一个油炸薄脆,撒上香菜碎末,成了。北京街边卖的煎饼馃子,每份四元,现在涨价了,六元。那时我总找机会在路边蹭上一个,边走边吃,很是惬意。时间久了,顿觉那刷子的确欠雅,就疏远了。这道街边美食,不是我此刻要说的春饼,但是那卷着吃的吃法,倒让我想起春饼。

春饼是春天的庆祝和记忆。民间吃春饼的习俗,缘起于迎春。它的历史久远,可以追溯到晋,而盛于唐，东晋叫春盘，唐谓之五辛盘。宋代宫廷有荠菜迎春饼之举，饼置于盘中，翠缕红丝，金鸡玉燕，备极精美。明史记载，立春之时，无贵贱皆嚼萝卜，名曰咬春，当日互相宴请吃春饼合菜。所谓春饼合菜，《关中记》说，"立春日做春饼，以春蒿、黄韭、蓼芽包之"。冬末春初，许多植物的嫩芽忍耐不住，心急，破土而出。这情景恰似是春天的序曲，诱引人们打开封闭的柴门，来到乍暖还寒的野外，踩春、咬春、打春、吃春饼，迎接春的消息。民间习俗，春饼的内馅多以应时的春蔬韭黄、菠菜黄、绿豆芽加姜丝、粉丝、肉丝混合而成，这习俗代表着内心的喜悦，是一种迎接春天的庄严的仪式，一直延宕至今。

春饼的食材以面粉为主，有外加米粉、豆粉或玉米面为原料的，大抵是因地、因俗而异。山东的煎饼也是春饼一族，煎饼裹大葱，天下闻名，它的用材除了上述米面而外，亦有小米和高粱的。山东人吃煎饼裹大葱，加黄酱，充满霸气和豪气。山东煎饼宽大，直径可达一米，要用特大的饼铛烙制，大气磅礴，一派齐鲁气象。烙饼折叠数层如布帛，坚韧劲道，贮存数月不坏。那年我清晨空腹徒步登泰山，行至中天门小憩，一卷煎饼大葱鼓舞我爬越令人生畏的十八盘，寸步维艰地直抵南天门，攀上了玉皇顶，正是煎饼之功。家乡福建饮食偏甜，怕辣，我的生啖大葱大蒜的习惯，是年轻时在军中学会的，我当年的部队是来自胶东的子弟兵，他们的饮食习惯影响了我。

春饼在宫中染上了皇家气象，在北方总带着壮阔平原的苍茫之气，而在温柔缱绻的南方，当然拥有了南国软糯的风格。在老家福州，旧时年节也吃春饼，主要用材是韭菜和绿豆芽，姜切成细丝，加上泡软的山东粉丝（闽地称"山东粉"）。春饼皮是外买的，馅是加工过并炒熟的，餐桌上，一家人围坐，现卷现吃。福州的春饼皮为何要外买？因为它工艺特殊，要求高，一般家庭不具备制作条件。春饼皮有专店供应，简单的铺子，在门外支起炉灶，饼铛微火加温，厨师右手不断地上下凌空抖动经过揉搓的面团，面团往下熨帖饼铛，一粘，瞬间即起，留下一片云彩般的、透明如薄纸的春饼皮，厨师再以左手掀动那薄如蝉翼的作品，一张张摞好，称斤出售，上了家庭的餐桌。

福州人迎春包春饼，总是到这样的专门店铺买春饼皮。那年我访问遥远的沙捞越，那里有座城市叫古晋，是最早的福州移民开发的，有"新福州"之称。这称呼使我想起纽约、新德里或新西兰，都带着最初移民的色彩。沙捞越古晋聚居了几代的福州乡亲，他们把做鱼丸、肉燕的工艺搬到了那里，也搬来了做春饼皮的饼铛和一套制作工艺，祖代相传。古晋街头，乡音盈耳，汉字商标满眼皆是。走在街上，吃着福州的光饼，吃着现包现吃的韭菜、豆芽、姜丝和肉丝裹就的春饼，仿佛是回到了万里之外的家乡福州。

春饼有多种吃法，包着吃的，炸着吃的，蒸着吃的，唯独福州春饼只能现场卷着吃，绿色白色相间的内馅，透过春饼的薄皮，仿佛就是"咬着"乍暖还寒的早春原野，要的就是那种新鲜的感觉、喜悦的感觉、和春天拥抱的感觉。记得我曾把这种感受告知诗人舒婷,她的回应却是对于福州春饼的"不屑"——在福建,厦门人往往瞧不起省城,总觉得福州"土":厦门的粽子比福州好吃,厦门的春饼也无一例外地比福州强。舒婷向我炫耀她那里的春饼的内馅由多达十多种的材料构成,"福州太单调"。而我哂之。

这涉及相当复杂的饮食美学问题。窃以为,食有繁简二道,繁简各呈其趣。一般说来,闽南厦门、泉州一带,气候温湿,阳光充足,作物丰盈,食品之作偏于细腻繁复。举例说,被我称为"天下第一粽"的泉州肉粽,就是一种"繁"的极致。当年我在泉州华侨大学任教,慕名前往泉州城里最老的肉粽小店——记得是在钟楼附近,一家外观很不起眼的小店面,其间摆着简陋的几张桌椅,顾客盈门。香叶包裹的枕头形肉粽上桌,粽叶打开,香气扑鼻,外加一碗精致的薯粉制作的牛肉羹陪伴。那肉粽的内馅有极品豪华的阵容:五花肉、咸肉、虾仁、干贝、皮蛋、板栗、莲子、芋头(油炸过的)、芸豆、香菇,佐料也是五彩缤纷:沙茶酱、蚝油、酱油、蒜蓉汁。相形之下，母亲包的福州粽子却显得寒碜，重碱，有时加花生，更多的，是裸粽。多半是蘸着糖吃。

行文至此，公平而论，泉州肉粽是经典的豪华，而福州粽子却保持了本色。依稀记得当年母亲用蒲绳包粽子时拼力而为的那股"狠劲"，结实、厚重，凸显的就是一个字：鲜！鲜明的，鲜艳的，鲜丽的，春天的鲜！福州的粽子如是，福州的春饼亦如是。

二〇一九年二月十九日，己亥元宵

此日京城小雪，俗云"正月十五雪打灯"，此之谓也。

包子记精

记得那年在扬州,正好赶上烟花三月时节。瘦西湖上雨丝风片,乱花迷眼。我们的画舫穿越于依依柳丝之间,春风拂面,莺啼在耳,挚友为伴,心绪畅怡。弃舟登岸,于五亭桥上,遥观远处熙春台殿影,隐约于二十四桥重荫之中,恍若仙境。那日我们行走于长堤春柳,访大明寺,谒史公祠,甚是尽兴。唯以未尝远近闻名之富春包子为憾。询之游客,得知每日上午九时,有专船载现蒸的富春包子于平山堂筵客。

翌日早起,抵平山堂,迎候。九时正点,一小舟穿越柳烟迤逦而来,大喜。平山堂这边有专门茶肆迎客。几张木质桌椅,上面备有碗碟和蘸料。坐定,冒着热气的笼屉从小船被抬了下来。赶早而来的食客安静地等待开单。记得当年要了一屉的三丁包子，另加若干普通的肉包子。肉馅有繁简，表现在个头上，五丁肉包堪称超级豪华版，个头大，皱褶多，内馅依稀可见，近于透明。因为是学生，不多钱，没敢要五丁馅的。已很满足了，毕竟是在别有风味的地方，吃别有风味的包子。扬州古称"销金之地"，所谓"腰缠十万贯，骑鹤上扬州"即是。这里歌楼酒肆，钗光鬓影，春风十里，觥筹歌吹。堪与此种盖世奢华媲美而骄能自立者，除了瘦西湖，可能就是名扬天下的貌俗实雅的富春包子了。

富春包子讲究荤素搭配，除鸡丁、肉丁等，必不可少的是鲜笋丁，构成鲜、香、脆、嫩的组合，以盐正位，以甜提鲜，皮薄多汁，构成清鲜与甘甜、蓬松与柔韧、脆嫩与绵软交映互补的味觉效果。说到富春包子的笋丁，引起我的一番回忆。我与扬州大学叶橹教授是老朋友，我们在学术上没有论争，却在"扬州狮子头是否应放荸荠丁"的问题上有过激烈的"论辩"。叶橹受难时被发配到高邮劳改，他认高邮为他的第二故乡。也许是爱屋及乌，他更加确认，高邮总是世上"最好"，包括高邮的狮子头也比扬州好。"扬州狮子头放荸荠丁，高邮就不放，高邮全肉。"我称赞过江都人民饭店的狮子头：六分肥，四分瘦，特别是加了荸荠丁，软糯中又有脆感，很是适口。叶兄不以为然："肉馅加别物，是过去穷，不能用全肉，才加了别物。"

其实，扬州狮子头之所以能艳压群芳，肉馅加荸荠丁确是神妙之笔。这点叶橹不懂。我常感慨中国菜犹如中药的配伍与组方，一个方子，有主有伍。落实到狮子头，荸荠丁虽不是"主"，却是精彩的"伍"。厨师在没有荸荠的季节，笋丁、藕丁亦可替代，要的还是软糯中的那种脆劲。这点北方人不明白，也学不到，他们喜欢在四喜丸子中用土豆丁，这就叫"差之毫厘，谬以千里"了。叶先生以穷富代审美来论狮子头食材之主配，其谬大矣！

话扯远了，还是回来讲包子。和饺子一样，中国的包子也是南北竞秀，花开遍地。我的见闻有限，大抵而言，北方口重，近咸，南方口轻，偏甜。那年偕同李陀、刘心武、孔捷生等访闽，记得郭风先生亲抵义序机场迎接我们。宾馆的早餐有福州包子迎客，李陀一咬，愤愤然，拒吃："这是什么包子？哪有肉包子放糖的！"他是东北人，少见多怪，不免偏颇。殊不知，长江往南，遍地皆是"甜蜜蜜"，而以无锡为最。就包子而论，广州的叉烧包可谓国中佳品，肥瘦兼半的叉烧肉，加上浓糯的汤汁，其口味咸甜谐和，想仿也仿不来的。当然还有如今满街头的杭州小笼包，六元钱一屉，一屉十个，一个一口吞，甚妙。

据说，包子的豪华版更有胜于富春包子的，那就是江苏靖江的蟹黄汤包。蟹黄乃是味中极品，以蟹黄做馅可谓奢华之至。靖江地偏，我尚未到过，难以评说。倒是在南京鸡鸣寺品尝过蟹黄汤包，也许失去地利，也许旅中匆促，印象倒是平平，并不"震撼"。但愿有机会实地"考察"一番。名声大的，还有上海生煎。顾名思义，生煎不同于一般的气蒸，有油煎的焦香，馅鲜嫩，皮焦脆，风味独特。

说到上海的煎包子，不免联想到乌鲁木齐的烤包子。新疆的小吃从馕到手抓饭，我都喜欢，但最爱却是烤包子。每到新疆，首选非它莫属。乌鲁木齐烤包子用的是巨大的圆形土烤炉，烤炉的内厢均是泥巴，羊肉大葱馅，好像是半发酵的面皮，往炉壁一贴，不多久，香气就飘出来了。外皮是酥脆的，肉馅是嫩滑的，又有烤馕和孜然的芬香，极佳。新疆烤包子凝聚着西北边疆特殊的文化风貌，以无可替代的、独特的风格丰富了千姿百态的中华烹调。

天山南北，大河上下，大地生长的小麦和稻谷创造了悠久的农耕文明，遍地开花结果的包子，以面食的一种代表的是中华文化的绵远精深。也许此刻我们最不能忘的是享誉海内外的天津狗不理。"狗不理"这名字有点俗，也有点野，但却象征着文明的一端。据说狗不理包子的主人大名高贵友，小名狗子，原籍武清杨村，1858年在天津开德聚号包子铺。生意做火了，忙不过来，顾客怨狗子不理人，包子被谑称"狗不理"。津门诙谐，雅号沿用至今，犹如京片子的"大裤衩"之不胫而走。

这篇文字的标题是一个"精"字，其意在表明代表中国餐饮的精彩之笔乃是貌不惊人、随处可见的包子。中国包子的精妙之处在它的一系列工艺的

"精"：揉面，调馅，蒸，煎，烘，烤，关键则是最后一道工序——通过包子的"包"显示出它的审美性。就造型而言，天津狗不理的皱褶是十五褶到十八褶，上屈或下屈的瞬间，呈现在人们面前的是柔柔的、怯怯的、一朵含苞待放的白菊花！有传言说，扬州三丁包子的皱褶可以多达二十四褶，代表二十四节气。这就叫精彩绝伦。

但不论如何，我依然心仪于半个世纪前平山堂的那顿"野餐"。清晨，薄雾，一舟破雾欸乃而至，山水顷间泛出耀眼的绿。我们以素朴的、民俗的、充满乡情的方式，等待、期许、接纳、相逢。这情景，如今已被那些豪华、时尚、奢侈所替代。当日的那份情趣、朴素的桌椅、简单的碗碟、冒着热气的笼屉，如今是永远地消失了。怅惘中，依稀记得的还是那梦一般的此景、此情。

二〇一九年四月十七日

于昌平北七家

馄饨记柔

中国面食中除了面条是可汤可干的吃法外，全程和汤而吃的，可能唯有馄饨。带汤吃馄饨是常态，也有油炸着吃的，那是偶见。所以，说馄饨不能不说馄饨的汤，那是鱼水不可分的。鱼因水而活，馄饨因汤而活。馄饨在四川叫抄手，红油抄手是成都街头一绝，汤汁是红通通、火辣辣的，辣椒油、花椒油、胡椒面，全来。但是，四川抄手的底汤是鸡汤和猪骨熬制，却是不假。那年在成都，晨起遛街，商铺未开张，但店家早已收拾好几只鸡，熬汤待用。因为是亲眼所见，所以相信四川抄手的鸡汤是真货。但是成都以外，号称鸡汤的，真伪就难辨了。大体而言，总是代以味精、香醋诸物搪塞。

馄饨是面食中的小家碧玉，用得上一个"细"字来形容。它的特点是体积小，细弱的小，不似饺子馄头的大格局。印象最深的是八十年代在厦门鼓浪屿轮渡码头，有当地妇女街边用担挑小炉灶现煮小馄饨。当时一元钱可买一百只小馄饨，摊主用手拨拉计数，一五一十，极其精细。那馄饨小如林间落花，浮沉水中，鲜虾肉馅，白中透出红晕，美不可言。一元钱可数一百只，每只一分钱，其小可知。论及性价比，放在今天，当然是不可思议的。重要的是那份小巧精致，来自闽南女性柔弱之手，绝对是巧手细活，世所罕见。别说价钱便宜，那份精致，喻为绝响，亦不为过。

在北京吃馄饨，有叫百年老字号的，位于京城某繁华区，平日门庭若市。我曾慕名前往。紫菜虾皮香菜为汤，稀汤寡水，皮厚馅小，状如煮饺，确是盛名之下其实难副。数十年居京师，总共只问津一次，不想再去。倒是有一年在海淀黄庄，偶见新开小铺，专卖馄饨，去了多次还想去。那馄饨包成圆形，薄而透明的馄饨皮裹着，汤中散开，状若一朵朵绣球花，极美。细查，发现不似是包捏的，更像是薄皮如丝粘裹而成的，可见其制作之精细。记得那小铺取名"黄鹤楼",也许竟是来自江汉平原的店家?可惜却是昙花一现,很快就消失了,而我总是惦记着。

馄饨在福建多地叫扁肉。特别有名的沙县小吃中,我每次总是点扁肉加拌面,二者是鸳鸯搭档,可谓绝配。沙县的拌面加碱,韧而柔,主要是拌料特殊,用的是花生酱。拌料置底,捞出的热面置上,另撒葱花于上,顾客自行搅拌。至于扁肉,一般馄饨肉馅是切肉或剁肉,而以沙县为代表的扁肉是打肉,即用木槌在墩板上不断敲打成肉泥。这样的肉馅口感特殊,柔韧之中有一种脆感。更重要的是它的汤清澈见底,上面漂着青绿的葱花,清而雅。一盘拌面、一碗馄饨,堪称世上最佳。

在我的家乡福州,扁肉的称呼又多了个"燕"字,叫扁肉燕。这主要是因为它的面皮用料特别,面粉、薯粉加上猪瘦肉,也是人工拼力敲打,摊成透明的薄皮,而后切成菱形小块,再包肉馅。因为扁肉燕的燕皮也是肉制品,谐称"肉包肉"。扁肉燕的馅除了精选鲜肉,必不可少的是捣碎的虾干,以及芹菜碎末和荸荠丁，鲜脆，味道是综合的，很特殊。扁肉燕名字雅致，也许是状如飞燕，也许是"宴"的谐音，它是福州的一张饮食名片，代表着闽都悠久的文化。

馄饨在广东叫云吞，这名字也很雅，云吞者，云吞月，云遮月之谓也。记得郭沫若当年曾为厦门南普陀素斋一道菜取名"半月沉江"，成为文坛佳话。可见菜名中也应有诗，菜因诗得名，也因诗而远播。"半月沉江"是，"云吞月"也是。粤菜的精致华美堪居举国之首，其他各菜系虽各有其长，但只能列名于后。而云吞是不曾列名于粤菜中的，云吞充其量不过是一道小吃而已。但广东的云吞实在不可小觑。至少在我，宁可不吃粤菜的烤乳猪、烧鹅仔，也不会轻易放弃一碗三鲜馄饨面。

有一段时间我在香港做研究，住在湾仔半山区。我总找机会步行下山，在铜锣湾街头找一家馄饨店坐下来，美美地吃一碗地道的三鲜馄饨面。吃着吃着就上了瘾，以后总找借口一再问津。从湾仔、铜锣湾，一直吃到油麻地、旺角，甚至是尖沙咀的小巷，我都能找到我情有独钟的馄饨面。我发现所有的小铺都能煮就一碗让人忍不住叫好的、地道的馄饨面：细长又柔韧的碱面，清汤，虾仁鲜肉和菜蔬，最让人迷恋的是馄饨馅中竟然包着一只鲜脆的大虾仁。

香港商家不欺客。几乎所有的店家，只要是做鲜虾馄饨的，都包着这样的大虾仁，不变样。前些日子重访香港，住在旺角，还是"怀旧"，特意过海找到我常常光顾的那家铜锣湾小店。人多，在门外排队，领号进门。食客几乎都是当地街区的居民，他们不仅是回头客，而且是常客。与之攀谈，均对小铺的馄饨赞不绝口：本色，地道，价钱公道。从沙县扁肉到香港馄饨，从火辣辣的龙抄手到家乡福州温情的扁肉燕，这道貌不惊人的中国面食，因为它的小巧玲珑，因为它的"美貌如花"，吸引了多少人的念想和期盼！

史载，早先的馄饨和水饺是不分的，二者的区分是在唐朝。"独立"之后的馄饨，自动走更加细腻精巧的路线，而与水饺判然有别：水饺逐渐成为一种主食，而馄饨依旧是茶余饭后的"随从"。在中国南部，皖南那边还保留了二者不分的"混沌"状态，那里的水饺是带汤吃的，近似馄饨的吃法。远近闻名的上海菜肉馄饨，不仅个头大得惊人，简直就是一盆带汤的饺子！一贯精细小巧的上海人，为什么会欣赏这个傻大粗的菜肉馄饨？摇头，不可解。

二〇一九年四月二十五日
于昌平北七家

馒头记粗

馒头是非常简单的一种面食。发面，揉搓，切块，而后上笼屉蒸。除了酵母，或些许碱，不须任何添加。馒头不注重形态，或长方，或半圆，亦有"开花"的。一般的馒头不咸、不甜、无馅，因此，馒头又是最单一的一种主食。在北方的广袤地区，家家户户的女主人，都是制作馒头的能手。和馒头最亲近的吃食，是兄弟排行，也叫"头"，是窝窝头。窝窝头的主料是玉米面，与馒头略有不同，但制作简单却是一致的。馒头、窝窝头，名字都很俗，也都很野，就像北方人家为给孩子添寿，叫"狗剩"一样。而馒头在南方却是稀罕之物，南方人不会做馒头。在家乡福州，街上卖的馒头都是山东人做的，我们把馒头叫馍馍。如此简单的面食，家乡的妇女不会做。

在过去饥荒年月，能吃上一顿白面馒头就像是过年一般，穷人家平日是吃不上的。窝窝头也差不多，是纯粮食不掺野菜的，能吃到也算奢侈了。在北方，我常听人说，现在过上好日子了，不吃掺和面了，吃的是纯粮食了。可见生活的改善，首先体现在馒头、窝窝头这对"难兄难弟"上。在北方，馒头是富裕的象征，是穷人的最亲。时代变了，观念也随着变，如今人们讲健身、环保、绿色什么的，别说馒头，就连窝窝头也跟着吃香了——粗粮居然上了豪华酒宴，也颇得时尚人士的欢心。而在我，每逢众人争食粗粮薯类这场面，就觉得是"趋世"，多半总是"婉拒"。

我一生的大部分时间生活在北方，可是从来都很拒绝馒头，更拒绝窝窝头。南方人的胃有点"娇气"，吃不惯这一类吃食的"硬气"。福建近水，饮食多汤类，一道正宗的闽菜，汤类占了多半，日常家居，早晚两顿稀粥。在北方几十年的历练，我总是没法适应这两"头"兄弟。就像北方人吃不惯米饭，说"吃了等于没吃"，总觉得吃不饱。他们说，馒头"经饿顶饱"。南方人的感觉却完全不同,我吃馒头总是困难,像嘴里塞了一团棉花,总咽不下去。也许是娇惯了,忘了艰苦岁月,吃着过去过年才有的纯粮食,却硬是"味同嚼蜡"。

即使如此,这道面食在我这里也留有温馨的记忆。很遥远了,那是七十年前的旧事,我随着隆隆的炮车行进在夏季的风雨中,炎热,汗湿,炮车卷起的泥浆沾满军装。部队日夜兼程,向着南方尚待解放的城市。那年我十七岁,步枪,一百发子弹,瘦弱的身子挎着沉重的子弹袋——那袋子是绿色布缝成,现在已见不到了。这是左肩,我的右肩也挎着一条袋子,那是白色布缝制的。这袋子装着晒干的馒头片,斜挎在我的右肩。数百里急行军,没有时间停步做饭,这是我们的军粮。行军中途,传令就餐,这就是当日的口粮,清水,就咸菜。后来上了海岛,挖坑道。日夜三班倒,军情危急,顾不得埋锅做饭,日常所食,也还是馒头干。艰苦岁月的记忆,很暖心,顿然消除了我与馒头的隔膜。我们不能忘记这性命交关的恩人挚友。

诸多的面食品种中，馒头最简约，也最低调，它无须任何装饰，它的使命就是充饥，喂饱人的肚子。吃馒头不需要排场，陪同它的，一碟咸菜足够了。一个馒头、一碟盐疙瘩，再加上一碗玉米碴子，此乃最佳的搭配。北方乡间，冬日暖阳，墙根屋檐有太阳处，馒头、玉米碴子粥、咸菜疙瘩，老人们围坐，呼啦吸溜，酣畅快意，也是人生一景。

我写过烧麦的雅，写过馄饨的柔，形容过它们如小家碧玉，描写过它们身姿婀娜，如花似玉。烧麦，还有馄饨，它们有自己的一份矜持和温柔，应当是女性的。而生长于北方大地的馒头，吸取了燕赵大地或齐鲁山间的豪气，粗放、刚强、一派带着林间响箭的气势。女子亲手揉捏，凭空地增强了男儿建功立业的胆气雄心。馒头到底是北方的、阳刚的，当然更是男性的。

二〇一九年五月一日凌晨

于昌平北七家

小帆の記

燕都小吃记

小吃常被认为是民间的小零碎，其实未必。记得读过一本记载京城皇宫故事的书，述及那些宫里的太监，也常溜到街边买小吃给"御上"食用。旧时京城还流传乾隆夜访"都一处"，吃那里的烧麦并题匾的轶事。可见吃腻了满汉全席的胃口，也会在街边的小吃摊得到补偿。我坚信，那些做得了龙肝凤胆的御厨，在做烧饼油条方面未必比得过京城的小摊贩。

我居住北京久了，多少也算半个墙城根下的居民，年代久了，逐渐适应了京城里的口味。但论及这里的吃食，毕竟还是一知半解，写成文字难免贻笑大方。但是吃食里透出乡愁，写篇小记，也算是我对逐渐远去的"京味儿"的一种念想吧。

卤煮。卤煮最能体现京城的气象，豪爽，浓郁，透着一股霸气,甚至还有点大大咧咧。卤煮的主材是猪内脏,大肠、猪肺、肝、猪血等,加五香、大料、酱油、盐等入锅熬煮。汤讲究的是老汤,滚沸。客人就座(或街边站立)后,根据分量,大烧饼切块,入锅煮,稍可,捞置墩板切块,垫底。加汤于碗,而后再捞内脏分别切块,置于碗面,撒葱花香菜末,上桌。卤煮者,卤汤汁煮杂碎之谓也。北方冬日,一碗热气腾腾的卤煮火烧足以驱寒。

炒肝。炒肝的主料也是猪内脏,以猪肝为主,偶见大肠,也是酱油作料等熬制。不同的是汤汁加了浓稠的淀粉,鲜丽的内脏翻滚于褐色的浓汁中,很是夺目,甚至"奢华"。炒肝也是冒着热气上桌,冬寒时节,老北京人讲究转着碗吸食。初到京城,弄不懂,明明是浓汤混煮,为何是"炒",至今不解。

面茶。以油炒玉米面和小米面为主料,用滚烫的水冲熟,成糨糊状,上桌前注以稀释的芝麻酱,撒花生、芝麻碎末,油香四溢,非常引人,微咸,不是南方芝麻糊那样的甜食。京城往往是在早餐时供应面茶。卖面茶的店家以擦得油亮闪光的大铜壶烧水以招徕客人。铜壶弯曲有致的细管，滚水从高处下冲面碗，线条优美。铜壶以及冲水的场面很夸张，极富广告效果。

灌肠。灌肠主料是淀粉，以处理过的肠衣充填卤味淀粉，原色，或以食品色素染成浅红色，充实肠衣，使之干燥，备用。吃灌肠是现场操作，即做即吃。店家置大平底锅于炉上，烧热素油，灌肠切片下锅，炸成焦状起锅，置盘中，佐以蒜末盐水。灌肠是京城最平民化的一种小吃，每盘一毛钱，拉黄包车的、挑担子的，都消费得起。成本低，操作简单，口味单纯本色，无分老幼男女，亦无分贵贱高低，人人都喜爱，最为亲民。灌肠也是我的最爱，早年可以从北大乘无轨电车辗转到大栅栏门框胡同以讨一盘地道的灌肠为乐。

粉肠。粉肠也以淀粉为主料，淀粉混合一些猪肉制品的下脚料、拆骨肉等，略加一些香料如花椒等，充填，干燥，蒸熟而成。粉肠不是肉肠，没正经的肉，吃的就是那份单纯、质朴、平常。粉肠现在很难找到了，可能因为当下讲究吃不含淀粉的所谓精肉，店家不做了。粉肠本来就是平民的食品，那些做苦力的，往往一瓶啤酒、一根粉肠，就是路边惬意的享受，不上台面的。但它很讨得北京一些小女孩的欢心，是她们上学路上的小零食。

大火烧。北京人称烧饼为火烧。大火烧是烧饼的一种，较一般芝麻烧饼等直径略宽，故以"大"称之。大火烧是全面粉制作，除了盐，不添加任何物。每只三分钱，旧时居家，一碗豆浆、一小碟咸菜疙瘩、一块大火烧，就是一顿早餐，总共不过一毛钱左右。当年艰苦，鸡蛋有点奢侈，一般是免了的。大火烧可以单吃，亦可用来做卤煮。

对比之下，门钉肉饼就显得贵气了。门钉肉饼的造型呈矮圆柱状，直径约五厘米，高约三厘米，犹如城门上的门钉，故名。门钉肉饼以牛肉大葱为馅，佐以洋葱、花椒等。不同于时下流行的京东肉饼，后者摊成一个大圆盘，如外来的意大利比萨，是切成尖块吃的，门钉不同，单吃。

煎饼馃子、薄脆。煎饼馃子据说来自津门，但已落地此间,成为皇城街边一景。骑行三轮板车,玻璃框内上置炉灶,架大平底锅,微火,便是它的全部家当。绿豆面、小米面等混成糊状,先以面糊摊于锅中,半熟,加一只或二只鸡蛋,以木勺摊平,再加一片薄脆,抹以黄酱、辣酱,撒香菜、葱花,裹成大卷,即成。现场操作,顾客街边立等。此物甚佳,外面是嫩的,加上薄脆的脆劲,口感特殊,热、香、辣、脆,多般滋味的混成。原先很便宜,三元可得,现今价已翻倍。

豆汁、焦圈。豆汁的原料是做绿豆粉丝的剩余物豆渣,经发酵,生奇味,遂成绝品。一般人因它的馊味而拒绝,而城里的大爷们却乐此不疲。我来京近半个世纪,始终敬而远之,未敢品尝。前些时学生们起哄,喝了,并不像传言的那么"可怕"。豆汁和焦圈是绝配,正如喝玉米粥(加碱面的)必须佐以咸菜疙瘩一样。焦圈造型精巧,细如女性手镯,但极少"独当一面",总是承担豆汁的配角。

豌豆黄、芸豆糕、驴打滚、艾窝窝。均系甜品,这四样堪称北京冷艳"四姐妹"。豌豆黄金黄;芸豆糕浅红；驴打滚如其名，土黄色；唯有艾窝窝最雅致，糯米粢如雪，上置一颗小红豆，晶莹剔透。驴打滚名称有野气，是北方村野常景，但制作精良，糯米夹层为花生碎、芝麻末、糖，裹以炒熟的黄豆面。艾窝窝也是糯米制品，五仁为馅，糯米如玉，红宝石置顶，可比闺中佳人，艳压群芳。

萨其马。别处所无，是独一无二的地道的北京甜食。面粉做成寸许条状，加酵母，上锅用素油炸，裹以奶油、冰糖，上置红绿丝并花生芝麻。冷凝切成块状即成。萨其马以甜、油、酥、入口即化为上品，目下商家迎合时尚，少糖，少油，也少脆、酥口感，顿消旧时风情，令人怅然若失！前些时坊间购得装饰精美的萨其马（产自广东），就是那种为追求时尚而失去原先风味的，愤而弃之，誓言："该甜不甜，不吃。"此之谓也。

爆肚。燕都小吃中最具京城霸气的，并非卤煮，当推爆肚。卤煮当然有"不容讨论"的强势，但毕竟热腾中见柔婉，而爆肚气势非凡，一个"爆"字响彻云霄。爆肚的原料是牛百叶或羊散丹，收拾清净，切碎，过水，凉以备用。锅中水热滚，下之，顷刻捞出，置碗中，加特殊的蘸料：麻酱、胡椒、盐、酱油、韭菜花、酱豆腐汁，等等，最后撒以葱花、芫荽，即妥。爆肚，看字面，以为是油锅"爆"，其实是热水"爆"，很特殊。闪电般的、急速的，甫下锅，迅疾捞起的操作，从而保持了它特有的"脆劲"。"爆炸"的声势，这就是我感到的京城小吃第一霸的风采与气势。

二〇二〇年四月四日
于北京昌平北七家

光饼、征东饼、辣菜饼、苔（方音：ti）菜饼。这些是闽都的面食饼类，发酵，土炉烘烤而成。光饼、征东饼取名均与戚继光有关。光饼是"戚继光饼"的简称，直径约三厘米，咸味，单面焦，中有穿孔，据说是便于行军穿绳携带而设。征东饼略大，约四厘米，中间亦留穿孔，乃将军率军征东所用军粮。也是单面焦，微甜。

辣菜饼、苔菜饼是光饼的加工制品，闽都儿童所爱。以光饼为原材料，破成两半（不中断）分别夹以腌制盖菜苔和烘烤海苔菜（犹如西安肉夹馍的吃法），充填后浇上香油、酱油、糖、醋、胡椒等佐料，即可食用。这些，旧时多半是街挑叫卖的，盖菜苔的辣、海苔菜的酥脆，加上风味别致的佐料，乃是难忘的美味。

蛎饼、虾酥。两件都是油炸食品，皆以水磨米浆和黄豆浆为原材料。蛎饼上锅炸后上下双面鼓泡，呈纺锤形。虾酥以特制铁勺制作，中空，成条形圆圈状。蛎饼主料是新鲜的海蛎，讲究的内馅加以肉丁、紫菜等，最不可缺的是芹菜丁，整个蛎饼的味道由芹菜定味,堪称是蛎饼之魂。再说虾酥,主料是鲜虾仁或干海米,不可缺的也有一道蔬菜:韭菜,虾酥是虾韭配。这两道小吃很奇怪,它们的特有风味是由两件菜蔬辅佐确定的。

虾酥、蛎饼是我上学途中挡不住的诱惑。现炸现吃,热而酥脆,途中边走边吃,一日于是有了好心情。

鱼丸、肉燕。这两样是闽都双绝,别处所无。别处有鱼丸,但多实心,无馅,唯有福州鱼丸特别,有猪肉做的馅,酱油提味而微甜。以鳗鱼、马鲛等优质鱼肉剁成碎泥,混以适当淀粉,是为鱼丸的外皮儿。我见过制作鱼丸的流程,包了肉馅的鱼丸半成品,浮于清水中,洁白如玉。而后加温水煮定型,捞出置于笸箩待用。鱼丸讲究清汤打底,加虾油、味素、白醋、胡椒等,上桌时撒以葱花。外面是鱼,内里是肉,因此,福州鱼丸是"鱼包肉"。

肉燕的奇处也在它的皮儿,以精肉捶打而成糊状,施以适量的番薯粉,混同压制成片状,薄如蝉翼。令之干燥,卷成卷轴以备用。肉燕者,燕皮包肉馅之谓也。此物肉馅也十分讲究,精肉切碎,辅以虾仁、葱花，以及胡椒、味精、盐等。肉燕一般也是煮汤，亦有蒸熟吃的。旧年岁末，合家团聚，宴会的最后一道菜是"太平燕"，"燕""宴"同音，福州本地昵称鸭蛋为"太平"，这道菜象征吉祥如意。

芋粿、芋泥、芋包。这三样都以闽产芋头为主料。闽都小吃，我最喜欢以芋头和米浆混合制作的芋粿。白色如玉，加适当香料和盐蒸制成粿，柔软而有劲道，切成三角形下锅油炸即成，简约、单纯、爽口。芋泥则是甜点，以槟榔香芋揉成泥，加糖、猪油、芝麻等，上锅蒸透，即可食用。芋包产于宁德，闽都少见。以芋头混同面粉做包子外皮，裹以肉馅，蒸成。芋包之妙在口感，糯软而有芋香。

鼎边糊。鼎边糊是闽都一宝，别处所无。闽方言有古意，称锅曰鼎。鼎边即锅边，鼎边糊指锅里的糊状物。鼎边糊的做法很别致——锅中沸水为汤料，汤沸后沿锅边涂抹水磨米浆，盖严，加温，使米浆蒸成半干，再以铲使米浆成薄片卷入锅中，说是糊，其实不糊，因为是米浆，不粘锅，铲入汤中仍是清爽挺拔的薄卷。锅中置原汤，原料为肉片、白菜、虾干、海鲜，特别不可缺的是福州家家都熟悉的小蛤蜊。米糊入汤，即成一道特别美食。福州居家都置有小石磨，女主人一般都会磨米浆做鼎边糊，犹如北方女人都会做玉米面粥一样。鼎边糊乃是家常吃食。

福州春卷、福州粽子。春卷和粽子冠以福州地名，在于使之有别于人，它们有一份不加矫饰的单纯。就单纯而言，我和诗人舒婷有过"理论"，她极力赞美泉州肉粽和厦门春卷，说内容是如何如何的丰富多彩。"厦门五香"，其实何止于"五"？泉州肉粽的"多味"是十分引人，我不敢鄙薄，且高度点赞，称之为"天下第一粽"。那肉粽，从咸肉、花生、栗子、虾仁到鸽子蛋，可谓五味杂陈，热闹非凡。但却是喧宾夺主，顿失粽子的本味。

福州粽子则不然。幼时看母亲端午包粽子，竹叶、糯米，加重碱，内容是朴实无华的单纯。福州粽子有两种，一种曰白粽，什么都不添加，另一种曰花生粽，加入本色花生，也是不施甜咸。优长之处是本味，竹叶的香、糯米的香，加上碱面的香，即使不蘸糖，单吃也是清香满口，单纯如不施脂粉的天然美人。

福州春卷的特点也在它坚守了本色。绿豆芽、韭菜，加上姜丝，有时也加粉丝，外无他物。福州春卷也是不可替代的，除了风格平实简朴，它的春卷皮儿的制作堪称杰出的技艺。店家门前高置炉灶，炭火微微，平底锅，厨师手握柔软的面团，面团随着手势上下抖动，下抖时粘锅即起，摊就一张春卷皮，再挥动，再粘锅，不断往复。上下抖动，白云飘落，最后叠成垛以备用。这手艺，福州人走到何处就传至何处。我在纽约唐人街，在沙捞越诗巫街头，都见过福州乡亲在向全世界传播这种"春卷文化"。

糖粿（闽音：gui）、肉丸。其实是两道过年必备的年糕，甜食。年关，祭灶过后，家家开始做年糕。先说糖粿，糯米为料，磨成米浆，加红糖，竹叶垫底，上大笼屉急火蒸就。可直接吃，可切片油煎吃，也可切成小条状做甜汤吃，这道小吃伴随福州人的整个春节。肉丸，这名称有点怪，其实不成"丸"状，亦是甜年糕的一种，不过用料特殊，肥膘肉、芋头切丝、糯米加淀粉、红糖，垫以荷叶，也是大笼屉急火蒸熟。肥润而有荷香。这也是闽都年中一道甜食，别地未见。

闽都小吃喜用植物叶子做成特殊香味，这两件年糕用不同的香叶垫底，做就不同的气味，竹香、荷香。记得还有一种植物叶子，用以做清明粿和过年吃的糯米馃子（我们叫作"斋"，闽音：ze），也是奇香诱人。我到过西双版纳，那里的傣家女人喜欢用香茅草烤鱼，也用来做食品辅料。香茅草是西双版纳的特产，也造就了西双版纳的特殊风味，可惜内地无此奇卉。

猪油糕。近时讲究食物少油，时髦仕女，防血脂如防瘟疫，猪油于是禁口。而我独怀念福州的猪油糕。纯白无饰，小方形，甜且腻，入口即化，甜香满嘴。猪油糕屈身市衢，颇低调，故知者少。它静若处子，楚楚可怜。此物，记得是百年老店"美且有"最佳。数十年过去，不知"美且有"以及它的猪油糕是否尚在？余香袅袅，惜别久矣！

二〇二〇年四月十日

于昌平北七家

蜀都小吃记

成都是座休闲的城市,记得某著名媒体人说过一句俏皮话,说飞机飞到城市上空,但听见一片麻将声"响彻云霄",知道是:成都到了。成都文物鼎盛,文脉深远,是一座文明之城,却也是让人静心的休闲之城。在成都泡茶馆非常诱人,它是城市的一道风景。武侯祠、杜甫草堂、望江楼内外的那些绿荫底下,到处都是茶室。或院内,或树荫,川音鼎沸。在成都,人们泡一壶茶可以消磨一整天。

与泡茶齐名的是成都小吃。其特色是麻辣,鲜花椒、干花椒、青辣椒、红辣椒,无辣不成菜。不分昼夜,红油火锅翻滚着热浪,像要把成都点燃!都说成都休闲,成都慢动作,但成都却是这般热烈而不"平静"。推杯换盏之间,它总是挥汗如雨,热火朝天!

担担面。蜀都小吃第一名。担担面如雷贯耳,是成都一张"大"名片。没到成都前,我就知道担担面。那时北京城里没有几家川菜馆,著名的要算地安门外大街的马凯,还有西绒线胡同的四川饭店。这两家川菜馆都很显赫,尤其是后者,隐在街巷深处,颇有"酒香不怕巷子深"的气势。那时出入西绒线胡同这家店的,都是些达官贵胄,以及像梅兰芳那样的人物,一般人不敢问津。我五十年代在北大读书时,也曾慕名骑车前往马凯,踟蹰良久也不敢进门。四川饭店倒很"亲民",体谅我们这样的慕名而囊中羞涩者,专门在院外另设"小吃部",在那里就可吃到担担面。

旧时担担面是街挑卖的,我记得作家凌力曾经写过她所见到的"担担":一副担子,一头装着炉灶、汤锅、半成品面条,另一头更神奇了,几层笼屉下面装着面碗等物,上边平板上置放十数件小碟,上面是:盐、糖、酱油、醋、味精、生姜水、花椒水、蒜水、葱花、干豆豉、水豆豉、红油,特别是这后面两种:芽菜末和川冬菜末。担担面的面条加碱，细长而韧，汤是清的。佐料麻辣酸甜，多味并举，是其特点，但它的"精魂"却是芽菜和川冬菜。吃担担面，验其正宗与否，就看是否有此两件。

夫妻肺片。这是冷盘，川菜特有。牛头肉的各个部位，以及牛肚等，切成薄片，叠置于盘，外浇诸种蘸料，当然最为突出的是红油。上桌时，撒以香菜末和蒜末等。

蒜泥白肉。此亦冷盘。熟五花肉切薄片，呈半透明状置于盘。也有诸多佐料，但突出的是施以大量蒜泥。此物上桌，晶莹如玉，五花肉是韧而脆，蒜泥沁心，此物佐酒最佳。眼下京城食家有流行曰新川菜者，雅称"晾衣白肉"，小木架上"晾"着几片半干的白肉，不是蒜泥混同着吃，好像是从架上"扯下"那已干得坚硬的肉，蘸着吃的。此番"创新"，失常且乏味，与传统的蒜泥白肉的爽脆失以万里。日后再闻"晾衣"者，逃之不及。

麻婆豆腐。中国豆腐遍及南北，千姿百态，万花竞艳。可成一席宴，可著一本书，甚至可修一部史。当年那位为理想而献身的伟人，他在从容就义前说过一句并不"多余"的话,就是对中国豆腐的怀念和由衷的赞叹!

以一道普通的豆腐而使川菜天下闻名,我们始终应当感念的是这位也许真实的"麻婆"。几块豆腐、一些牛肉末、豆豉豆瓣酱,当然更有辣椒和花椒,竟然造就了一道鲜丽的风景。麻婆豆腐外观火爆,鲜嫩中透着一股激越,原料是单纯的,多种佐料的叠加融汇,造出味觉上的丰富繁丽。这真是一个奇迹。

川北凉粉。记得是在当年的"大串联"中,在成都街头偶遇川北凉粉。微褐色的凝胶状,貌不惊人,却是韧而脆,街旁驻足,摊贩魔法般地在凉粉上撒佐料,手捧小碗,有令人精神一爽的沁凉。川北凉粉用料是豌豆淀粉,散发着一种来自乡野的清香。

龙抄手、钟水饺。北方饺子不带汤,水煮后捞出单吃,醋、蒜等是外搭,可有可无。成都的钟水饺则是带汤吃的(记得在合肥去芜湖的路边也有带汤的饺子),汤当然特别,是红油汤,也是一番热烈景象。饺子用全肉，不加青菜。与钟水饺容易相混的是龙抄手，也是面食，也水煮，也带汤，也是泡在红油的浓汤中。川人把馄饨叫作抄手，龙抄手是成都的馄饨。一个是做成饺子，一个是做成馄饨，都连汤吃，也都用火辣辣、红通通的辣椒油，因此容易混。

三大炮。一道温馨的甜食，它的名字本应是绵软而女性的，却被安上这硬邦邦的、带着火药味的称呼。这就是四川，川女多情，川人强悍。三大炮是糯米制品，厨师从糯米糍粑中分别取出三坨面团，从高处分别抛向案板，发出"嘭嘭嘭"的响声，因为是三个一碟，故称。三大炮不是凉品，是微温拌以芝麻粉和黄豆粉，外浇以浓汁。香、糯、甜，加上韧劲，极好。

二〇二〇年四月十八日

于昌平北七家

粤港小吃记

粤式早茶世所闻名,早茶可以从早晨吃到午间,你若兴趣悠然,不想走,也没人赶你。在香港茶室,我见过早茶接着麻将局的。在广州或粤港周边,吃早茶是一日中的一件盛事。或是家人,或是三五好友,相约某茶楼,可以偷得浮生半日闲。有时可能只身一人,带上一叠报纸,泡一壶茶,吃几份点心,也可消磨大半日光阴。

说是早茶,当然有茶,喝茶似在其次,尽情享受的却是极为繁富的粤式早点。往往是在一个宽广的大厅,侍者推着小车缓缓走过,你可以随手取下你所喜欢的食物,那里次第有序地展示出粤式小吃的全部丰富性。

鲜虾饺。这是粤港小吃的代表作。饺子皮不是通常的面粉,可能是马蹄粉什么的,薄而透明,内馅是一只鲜虾，艳丽的红色，透过白纱般的云层，半遮半露，隐约风情，简洁、单纯、艳丽而性感，这就是这道小吃的优美造型。一只虾的内馅怎么会造出这么绮丽的情景、这么优美的味觉？猜想，首先，那虾是绝对的新鲜，坚挺而脆，加上浅淡的（不留痕迹的）腌制，入味。鲜虾饺代表了粤菜的基本风格：清新淡雅。

云吞面。广东称馄饨为云吞，云吞者，云吞月，云遮月之谓也。云吞面即我们通常说的馄饨面。这一道几乎到处都有的普通小吃，经广东厨艺的精美功夫，云吞面却占据了举国无双的位置。云吞是这道小吃的主角，近似前面说的粤式鲜虾饺，内馅是鲜虾加肉末，面条也是特制的，细而韧，加了碱，鲜香不可言状。汤是清澈见底，漂着云一般的云吞，面条宛若轻纱，分外诱人。

那年我有一段时间访学岭南大学，住在湾仔半山校区。常常步行下山买菜购物，每次下山，总要光顾位于铜锣湾路边的一家小馆，为的是吃一碗云吞面。那里人多，需要在门外排队等候。吃一碗云吞面成了我的癖好。从湾仔、铜锣湾,一直吃到尖沙咀小巷,我发现香港所有的小店做的云吞面都一样的完美。这是香港商业的品质,他们重视职业信誉,他们不欺客。"买一张机票去香港吃一碗云吞面",这是我的戏言,却也真是一个向往。

肠粉、牛河。这两样小吃都是米制品。先说肠粉,这是粤式早茶中的"俏佳人",粉皮雪白透明,轻轻地、带点随意地折叠成长方形,隐约间可见酱色的内馅,上桌后浇以豉油、香油和葱花。肠粉清脆而柔韧,早茶桌上几乎是人人必点。

牛河的全称应当是牛肉河粉。河粉明亮清爽,切成窄长条,牛肉切薄片上锅炒。上桌整齐归置盘中,牛肉细嫩,少量的菜胆搭配,色彩艳丽。

粤式煲仔饭。砂锅、米饭、必要的佐料,煲仔置明火烧烤,至略显焦煳为止。煲仔饭有诸种主料,海鲜的、什锦的,而我独以腊味为最佳,腊味者,是以广式香肠为主料。我吃煲仔饭,特别钟情于它焦煳的锅巴,往往穷挖不舍。锅巴别人多弃之,其实他们不知精华全在其中,香脆油润,特别迷人的是它的焦煳味。

皮蛋瘦肉粥。粤港小吃中粥类十分丰富,海鲜粥、蔬菜粥,而我最爱皮蛋瘦肉粥。白米熬成糊状,但米粒清晰可见,皮蛋褐色,瘦肉微红,隐约于白色的米粥中,再加上几星葱花点缀着些许绿意。微咸,清淡,不仅满足味觉,而且也是视觉的享受。

凤爪、萝卜牛腩、小排骨。这些小食品,名目繁多,均是熟食。虽是小吃,却是用了粤菜的全部技艺,制作精良,品质纯正,操作如正式宴席所为。都用小碟或小笼屉上桌,每份数量很少,似乎只是让你略加品尝而已,它们自甘为配角,很是低调。这是粤式早茶的一道特殊景观,别处无有。

糯米鸡以荷叶上笼屉蒸,鸡与糯米融为一体,且荷香扑鼻。此物量稍大,仿佛是早茶中的一道特写。

二〇二〇年四月二十一日
于昌平北七家

燕都丛记

这城市已融入我的生命

初到北京，我对这座城市非常生疏。那时内城和外城的城楼和城墙都还完好，有轨电车就在几座城门之间穿行。电车的铃声悦耳而浑厚，从西直门高高的城门洞里穿越而过，一路响过西内大街，响过西四和西单——那时牌楼已没有了，只留下这永恒的名字供人凭吊——直抵天桥。城楼高耸，白云蓝天，北方萧瑟的秋风，凝重而庄严。电车进了城，两旁一例灰色的胡同，胡同里一例苍劲的古槐。一切都说明这城市的悠久。

这城市让我这个生长在温暖而潮湿的东南海滨的人感到了一种神秘。我知道它的历史，我只能遥遥地怀着几分敬意望着它，那时的北京对我来说的确是生疏的。我觉得它离我很远，不仅是离我南国的家乡的距离很远，也不仅是它作为辽金以来的故都与我此际所处的时空相隔绵邈,还有一种心灵和情感的阻隔:那是灵动而飘逸的南方与古朴浑重的北方之间存在着的巨大的反差所造成的心理阻隔。那时的北京,对我来说是遥远的。尽管我已来到了它的身边,但我还是感到了遥远。它是不曾属于我的,我也许只是个远道的造访者,也许只是个匆忙的过客。

那时我有一位朋友,他是地道的北京人,住在前门外打磨厂。打磨厂是一条宽而长的街道,朋友的家就在那里的"三川柳南口"。记得初来此地,我为那个"柳"和"南"的发音很出了些洋相,也很苦恼了一阵。在我的家乡,"n"和"l"的音是不分的,而在北京,"柳""南"这两个字的声母却要分得非常清楚,不然的话,你就真的要"找不到北"了。记得那时初进打磨厂,这"三川柳南口"的问路,对我来说竟是一番不大不小的磨难。

初进燕园,难忘一个秋日的清晨,我在北大东操场遇见一个北京的小女孩。初来的我对这里的一切都充满了新鲜感,我和女孩攀谈,她的每一个发音都让我着迷——那真的是一种音乐。我与北京由生疏到亲切，是从它的语言开始的。从那时到现在，时间不觉已经过去了将近半个世纪，那个当初我在东操场遇见的女孩，现在也该是年近花甲的人了。不觉间，我在这座城市已居住了半个世纪，我已是一个北京人了，北京是我的第二故乡。我在北京生活的日子，早已超过了我在我的出生地福州居住的日子。尽管我现在还是一个南腔北调的人，乡音难改啊！直至今日，我坐在电脑前，仍然经常会为一个字的发音而手忙脚乱——临时抱佛脚，翻字典。不翻字典又怎么办？我读不出那字的正确发音，我无法输入！现在我可以自豪地说，我已是一个"资深"的北京人了。尽管（原谅我，又是一个"尽管"）走在街上依然不改的"左手拐弯""右手拐弯"的积习，使我在北京城里依然南北不分、东西莫辨。但毕竟，我亲近了它，而且融进了它。它是我除了家乡之外最爱的城市。

　　我对北京从初来乍到的"生分"，到如今的亲切的认同，用了将近半个世纪的时光。北京接受了我，我也接受了北京。这包括它的语言、它的气候、它的居住、它的饮食、它的情调，都和我的生命密不可分。这当然不是全部，以饮食为例，吃惯大米的我很容易地接受了面条和饺子，但北京的馒头至今仍是我所拒绝的，更不用说窝窝头了。与饮食有关的，有一件往事令我至今想起仍觉得有趣。大概是二十多年前吧，有一天中文系一位主管学生工作的系主任电话找我，说是一位从福州考来的女生，因为吃不惯食堂里的棒子面粥而哭闹着要回家，不读了！这位系主任知道我是福州人，希望我做她的工作。当然，这个学生后来放弃了回福建的想法。现在，她已从美国回来，而且也像我一样选择北京定居了。

从这事可以得知，我当初对于北京的遥远感是真实的。我们距离北京真的是太远了。即使是饮食一端，也足以使我们这些"南蛮"望而却步！黄河以北的饮食习惯与长江以南的饮食习惯有大不同，大抵是，江北粗放，江南细腻。就北京而言，虽说满汉全席号称是古今筵席的经典，但那是皇家的盛宴，与我们平民无关。我仍然相信即使是满汉全席中，也一定融进了游牧民族的豪放风格。北京的饮食除了受北方民族的影响之外，山东的鲁菜因为最靠近京城，应当是影响较大的。但鲁菜毕竟不能代替北京本身，北京本土的风格依然决定着它自有的特色。

在北京居住久了，我每每苦于无以待客。入乡随俗吧，拿得出手的大抵也只是烤鸭和涮羊肉两款。这可以说是我款待客人的"传统节目"。我的客人来自天南地北，各种口味都有，其中要数来自南方的客人最难招待。人家来自物产丰富的地方，又有那些响当当的名牌菜系做后盾，什么佳肴没有尝过？粤菜、闽菜、湘菜、潮州菜、淮扬菜、上海本帮菜，哪个菜系不是上品、极品？民间有言："京城第一傻，吃菜点龙虾"，指的就是这种招待错位的尴尬。海鲜，包括龙虾在内，对于岭南闽海诸地的人来说，即使不是"小菜一碟"，也是一种"司空见惯"！不仅是原料新鲜，而且会做。再说，招待海鲜之乡的客人吃海鲜，这本身就有点班门弄斧的味道，怎么说也是不妥。

所以，我这里能拿得出手的，也就是一烤、二涮这两样"看家菜"。但这并不意味着北京的饮食无可言说，在北京住久了，在国内外也跑了不少地方，比来比去，北京的烤鸭和北京的涮羊肉还是最好，不谦虚地说，也还是天下第一。烤鸭的外焦里嫩，裹着吃的那蒸饼和甜面酱都是很有讲究的——我常感外地做的烤鸭总不对味，包括那年在香港友人郑重请吃的。至于涮羊肉，羊肉的质量，那薄得纸般透明的羊肉片，还有它的作料，芝麻酱、韭菜花，普天下找不到那种地道的感觉，真的是，一出北京城，味道就变了。

自五十年代定居北京至今，我的口味也变得随和了，甚至也有些改变了。其中最明显的是适应了北方的简单粗犷。记得舒婷曾讲过她家乡厦门的春卷如何如何的讲究，虽然我也是福建人，但对她鼓吹的总觉得太繁冗了。也许那春卷真该叫好，但不等于承认繁冗就是第一。为了说明我对北京的认同感，这里我要与前述舒婷的春卷做对应——我推崇北京的两道"名吃"——那可算是简单的典范。人们听了我以下的介绍也许要笑话我,但我不怕。

这两道"名吃"是我用半个世纪的经验换来的,也是众里寻它千百度,最后定格了的。其一就是北京的灌肠,是肠衣充进淀粉的一种平民食品。灌肠的做法极简单——以隆福寺为最佳——把灌肠切成不厚不薄的不规则的片,下大平底锅用素油煎烤至焦黄,而后装盘,蘸蒜泥盐水吃。再一种是主食类,更土也更简单,那就是玉米碴子粥,不是玉米面,是用新鲜玉米去皮磨成半粗半细的那种,加碱、加水,上锅用文火熬。佐餐不用别的,用咸菜疙瘩——其实就是盐水腌制的苤蓝。咸菜疙瘩不加香油,也不用任何佐料,切丝上盘即成。我上街饿了,多半找灌肠吃,很便宜,那时是两毛钱一盘,一元钱可买五盘。在家若是饿了,就熬玉米碴子粥。这两道"名吃",它们的风格就是两个字:单纯。平淡到了极致,那就是另一种极高的境界了。

老北京有很多食品是我所怀念的。最怀念天桥街边的卤煮火烧。记得是五十年代吧,去天桥看戏,在街边摊上吃卤煮火烧。昏黄的油灯、冒油的墩板、冒着热气的大海碗,使北京严寒的冬夜也变得充满了人间的温情。那气氛、那情调,现在是消失得无影无踪了。让人怀念的当然不只卤煮火烧这一端,还有北京的打卤面、羊杂碎汤,还有三分钱一只的大火烧。这些让人怀想的北京土产,是最本色、最接近平民的廉价食品,现在都找不到了。现今即使在哪家郑重标出的"老北京"的食肆里发现它们的痕迹,那多半也是"搽了雪花膏"的,它们早已失去了那种粗放的、不加修饰的平民本色和传统韵味了。

在我的家乡,秀丽的闽江流过我的城市。那江水滋润着两岸的沃野,亚热带的花卉开得茂盛。福建是花乡,又是茶乡,茉莉花、白玉兰花,还有珠兰和含笑,这些都是熏花茶的原料。花多了,就缀满了妇女们的发间和衣襟。记得当年,母亲的发髻最美丽。那时母亲年轻,她每天都要用很多的时间梳理她的头发。梳毕上了头油,她总要用当日买到的新鲜茉莉花串成一个花环,围在她的发髻上。姐姐也是,她不梳发髻,那些花就缀上了她的旗袍的衣襟。这就是南方,南方有它的情调。而北方就不同了,北京带卷舌的儿化音,胡同里悠长的吆喝声,风铃叮当的宫殿下面夏日慵懒的停午,还有在凛冽的冰雪和漫天的风沙中挺立的松槐和白杨。南方的秀丽和北方的豪放,南方的温情和北方的坚定,南方的委婉和北方的强悍,其间存在着许多难以调和的逆差。

对于一个来自多雨、多雾、多水分的南方人,要适应这样的环境,无异乎是一次心灵的迁徙。毫无疑问,我需要用极大的毅力和恒久的耐力去适应它。幸运的是,我适应了并爱上了,我认定,这是属于我的,属于我的心灵的,更是属于我的生命的!

北京是一本读不尽的书。我用将近半个世纪的时光阅读它,也只是一种似是还非的懵懂。我生得晚,来不及赶上在红楼的教室里找一张书桌,也没能赶上用稚弱的声音参加民主广场上的呐喊。但我认定我是属于它的。在我幼时的记忆中,那一年巴黎和会所引发的抗议,由此而掀开了中国历史崭新的一页。那一场为维护民族尊严而展开的抗议运动，最终触及了对于文学乃至文化的变革，从而为中国在新世纪的再生写下了壮丽的篇章。这一切气贯长虹的思考和行动，就是生发在我如今处身其中的这座城市的。由此上溯，那是十九世纪末叶的故事了，也是在这座城市里，有了一次要求变革而爆发的维新运动。那是中国近代史上的一次惨痛的流血事件，康梁出走，六君子弃市。这一切，我都未曾亲历，却都是我幼小心灵上的一抹壮烈和绮丽。

后来，我从东南海滨风尘仆仆地赶来，在燕园的一角找到一片土，我把细小的根须伸向那片土，我吸取它的养分。我不能选择母亲，我却能选择我的精神家园。在半个世纪不长也不短的时间里，我朝夕呼吸着这座城市的气息。北海波光摇曳的湖面，留下了我的影子；东华门那条覆盖着丁香的御河边的林荫道，留下了我的足迹；在居庸关险峻的隘口，在天坛美轮美奂的穹顶下，都是我曾经流连的地方。北京以它的博大，以它的沉厚，以它的开阔，以它的悠远铸造了我，不，是再造了我！它在我多汁液的南方的性格中渗进了一份粗放、一份激烈、一份坚定。我曾说过,我只是一粒蒲公英的种子,我从遥远的东南海滨被命运的小女孩吹到了这干涸而寒冷的北方。这里濒临沙漠,这里是无尽的原野,然而,这里给了我一片土,给了我柔韧的枝条和伸往地层深处的长长的根须。

二〇〇三年三月八日

于北京大学畅春园

附文
忆北平东安市场[*]

唐鲁孙

过去上海有三大公司：永安、先施、新新（大新后设，称四大公司）。香港有惠罗、永安。甚至于现在台湾几个较大县市，也都有琳琅辉焕的百货公司，明珠翠羽，蜀锦轻丝，百货杂陈，可以称得上无丽不珍，有美皆备了。

可是有一层，是凡久住北平的人，对于北平东安市场，总有一种依依眷恋之情，永远不能去怀的。

东安市场在北平来说，可以算是最具规模、最有

---

[*] 这篇文章是我的同班同学王大鹏先生特意送给我的。他是地道北京人，他和我一样喜欢旧时的东安市场。为了怀念同窗好友，特意在此留存。

名的市场,其他如西单商场、劝业场、第一楼、宾宴华楼、中原公司,等等,都没法子跟它比拟的。

东安市场设在北平东城王府井大街,这块地方原是清朝一处练兵场。辛丑年间(1901),政府为了整顿市容,奉慈禧皇太后懿旨,把东安门大街一带的摊商,都聚集在这个练兵场来,集中营业,这才有个最初的东安市场。

刚一开始,东安市场只有后来东安市场东北角一小块地方,是以原练兵场为中心,摊贩们在练兵场四周,搭起棚子来设摊营业,卖的都是一些简单粗质商品。后来渐渐有杂耍艺人加入,变戏法的、拉洋片的、说相声的、耍狗熊卖膏药的,甚至于唱小戏的,也都纷纷在场内租地皮做起生意来。当时规模虽然不大,可是当时的北平,除了东西庙会以外,并没有什么消遣场所,既然有这样一个市场,也就够吸引一般市民的了。

由于大家的需要,内务府有些善动脑筋的官员,邀集了几位有钱的太监合股投资,东安市场就这样一天比一天壮大起来。

扩建后的东安市场,一共有四个大门。正门设在王府井大街,后门设在金鱼胡同,前门左侧有一道中门,是场内商贩进出货物、装运垃圾用的,最往南一道门，叫南花园大门。一进正门左手，是市场总管理处，民国成立后，是由市公所、社会局、公安局共同组成的。

正门马路中间，是一排固定摊贩，头一家是卖鲜花的，人都叫他狗八，他在丰台有一座大花园，内设苗圃温室，所以四时有不谢之花，花色极为齐全。别处买不到的鲜花，狗八那儿全有，尤其到了冬天，栀子、茉莉、白兰、玉兰、晚香玉、玉春棒，各种浓香冷艳的鲜花，每天都有新货送来，真是一进正门，就觉得温淳泪泪，袭人欲醉。

狗八的紧邻是卖小吃的隆盛发，他家油炸锅巴颜色乳黄，吃到嘴里又酥又脆，芝麻馅的鸡蛋卷，自己吃、当礼物送人都好。成匣的冰糖核桃，是糖葫芦中高级品。他还代卖保定府的鸡肠，烤熟了夹火烧吃，现在想起来还让人流口水呢！

紧跟着是一家卖蜜饯的，蜜饯山里红、海棠、温朴都不比前门外九龙斋差。尤其他家果子干，红果酸甜度恰好，每天一到下午三点，冰糖葫芦一出锅，小伙计一声"葫芦刚得呀"，整条正街都听得清清楚楚，也算是东安市场一绝。

正街两旁除了一家金店，其余几家都是卖男女便鞋皮鞋的，据说有一家专卖绣花鞋的尺码最齐全，从六寸到三寸，尺码无一不全，有些住在西南城的大家闺秀，还特地赶到东安市场定做绣花缎子鞋呢！

正在东安市场生意日趋蓬勃的时候，袁世凯因为不愿意南下就任大总统，唆使曹锟部队兵变，到处抢当铺烧民宅，东安市场的丹桂商场，一夜之间，烧得精光。后来整条正街又重新修盖起来，上面全加盖铅板瓦顶，地面铺上花砖，人家说不烧不发，果然灾后重建，生意比以前更兴旺起来。

从金鱼胡同一进后门，迎面就是一个大水果摊，交梨火枣，红紫烂漫，柔香袭人。果子价钱，自然比一般果勺子价钱略高，可是细色异品，货色齐全，让他敲一次竹杠，也就算了。

左手把门一家是馥和烟行，不但各国名牌香烟，就是吕宋雪茄也是应有尽有。有一次顾维钧（少川）任外交总长时，要买金马蹄、红马蹄、蓝马蹄雪茄烟送人，找遍了东交民巷几家大烟行，都没有货，结果馥和这几种牌子都有，他家不但卖香烟吕宋，而且代理三B跟邓赫尔牌烟斗，还卖打火机和用具，可以说凡是与抽烟的物品有关者，他家是一概俱全。

再往里是一家镶假珠假宝的首饰店叫美丽华，虽然卖的都是假水钻，可是镶工特别新颖别致而且坚实，尤其做点翠的簪环头面更为拿手，所以梨园行四大名旦戏装上用的头面，十之八九都是在美丽华定制的。

一转角是泰顺居饭馆，虽然他家只卖普通山东菜，可是他家做的褡裢火烧，馅子种类最多，油足味厚，颇受一般劳动人们的欣赏。

近邻东亚楼，门面虽然不十分壮丽，可是北平的广东饭馆，只此一家。他家做的粉果特别出名，因为大良陈三姑有一年趁旅游之便，在东亚楼客串做过粉果，他家的粉果，是用铝合金的托盘蒸的，每盘六只，澄粉滑润雪白，从外面可以窥见馅的颜色，馅松皮薄，食不留滓，只有上海虹口憩虹庐差堪比拟，广州三大酒家都做不出这样的粉果呢！

东亚对门是东来顺，丁掌柜从推手车子卖刨羊肉起，能混到盖四层洋楼，柜上用到一百几十号人，自然有其经营之道。后柜有一间茶炉房，是一间大敞厅，屋里砌着洋灰桌椅，那里水饺卖六分钱十只，三分钱一大碗羊杂汤，确实造福了不少穷苦学生。有人说，丁掌柜跟他的少东永祥对待员工太不够厚道了。

市场正门右边，火灾之后，也翻盖四层高楼，取名森隆。楼下一层，开了家稻香村，卖的纯粹是苏杭南货，东伙都是苏杭人，除了卖五香黄鱼、素火腿、玫瑰瓜子、云片糕、定胜糕、苏糕、白糖梅子、去皮橄榄外，还卖扎蹄、卤鸭翅膀、咸鸭肫、切片熟火腿、家乡肉、整只金华火腿,等等,各种南货,无不一备,有时还能买到平湖糟蛋、宁波咸蟹、南翔黄泥螺一类特殊的食品。

二楼设中餐部,三楼是西餐部,四楼是素食处,有人说,京汉食堂、来今雨轩、撷英是中国式的西餐馆,森隆的西餐,简直就是中菜西吃了。所以东城各王府或贵族等,都是该处西餐部的常客。素食部的主厨,是香厂六味斋的主厨跳过去的,兰肴玉俎,尤为清绝,所以一到夏天,生意鼎盛,远超中西餐的客人呢!

由后门往东直走,就是吉祥茶园了,戏台因为是后盖的,台角两边没有抱柱,在当时除了第一舞台,它算是最时髦的园子了。园子里的总管叫汪侠公,他出身是涛贝勒府的皇粮庄头,能唱武生学杨小楼,《落马湖·酒楼》一段唱学杨,颇为神似的。有时为了给吉祥园宣传,也写点剧评稿子,都是应节的戏评,年年如此,照抄不误,剧评家景孤血、吴幻荪送了他一个外号叫留声机,可算谑而且虐矣。汪侠公跟杨小楼、余叔岩是莫逆之交,跟四大名旦梅、尚、程、荀也都有深厚渊源,照梨园行的规矩,排一出新戏,必定先在喜庆堂会唱一次,才在戏园子里唱,小楼的《夜奔》《宁武关》,兰芳的《牢狱鸳鸯》《嫦娥奔月》,慧生的《埋香幻》，都是破例在吉祥园先唱的，那就是私人的交情了。

吉祥园东边有家饭馆叫润明楼，炸酱不出油，打卤不泄是他拿手，鸡丝拉皮削薄剁窄，鸡丝带皮，连东兴楼都自愧不如。

右首有一家南方小吃馆叫五芳斋（后改大鸿楼），生煎包子、蟹壳烧饼，他家是独家生意，楼上蟹粉面、雪笋肉丝面、熏鱼面、大肉面、脆鳝过桥面，清醇味正，松毛汤包，跟玉华堂里的淮安汤包又各不同。

润明楼前有一片空地，小吃摊鳞次栉比，水爆肚、炸灌肠、卖豆汁、黄米面炸糕、山西杠子头、河间府肉包子、肉片豆腐脑、苏造肉、羊双肠，真是甜咸酸辣，要什么有什么。

靠南边相声场子赵蔼如父子说相声，有荤有素，总要逗得听众哈哈大笑，才问大家打钱。假人摔跤，孩子们看完一场还不想走；拉洋片的"带水箱"、杀子报、刁刘氏，乡民百看不厌；天气好，沈三耍中幡，常宝忠、宝三摔跤带卖大力丸，一天也能赚个百儿八十的辛苦钱。

一进金鱼胡同，后门右首有一家中兴绒线店，除了卖绒线外，其他一切日用杂货美容用品，也无一不备，市场别家商号说，中兴再卖绸缎呢绒，可以改名绸缎庄了。说实在的，中兴的东家傅新斋确实明敏干练，所以他能服众。

东安市场有"四大贤"，是明明照相馆的张之达、森隆老板辛桂春、庆林春店东林筱泉和前面提到的傅新斋。他们四位经市场内商贩推举为市场公益组合会理事，凡是场内有关公益，或是有吵闹争论的事，只要他们四位一出面，多麻烦的事，没有摆不平的，所以背后又有人称之为"四大金刚"。

傅新斋除了原有绒线店外，又把楼上辟建了一家中兴茶楼，有些老先生市场逛累了，到中兴茶楼泡一壶好茶，找朋友下两盘棋，倒也深得闲中之趣。后来有一些大宅门的太太小姐们，在市场买了若干零碎东西，自己不好拿，就先存在柜上了，只要跟柜上交买卖，大包小包，还管您送到府上去，真称得上服务到家。傅掌柜有一位把兄弟，原本是哈尔滨中东铁路局西餐部大师傅，钱赚得够份儿了，想起了落叶归根，所以回到北平来养老，闲来没事，就到中兴茶楼坐坐。傅老板认为老把兄闲着也是闲着，何不找一点营生干干，于是中兴添上了卖咖喱鸡饭，鸡嫩汁浓，继之又添上了炸鳜鱼、煎牛扒、罗宋汤，简直成了罗宋大菜了。

遭遇火灾的丹桂商场重建之后，把丹桂茶园取消，又盖了一座畅观楼,一是正方形,一是长条形。畅观楼中庭大半是旧书摊,有线装古书,也有欧美原版散文科技名著,此外还有各种陈年杂志和学报。当年林语堂先生就在这些书摊发现有不少珍贵杂志,后来都送给新加坡南洋大学图书馆了呢!

丹桂商场中间一条甬路,排满了都是古董摊,什么望远镜、放大镜、照相机、各种在仪器行买不到的新式仪器、光怪陆离的座钟挂表、奇奇怪怪的闷壳表、涂金错银的鼻烟壶、雕镂金饰的香烟盒、海泡石蜜蜡雕刻精细的烟斗烟嘴、各国古钱硬币,等等。您如果细心观赏,可能发现更多的荆鼎楚彝、通犀翠羽,可遇而不可求的物事呢!

斜对中兴茶楼,有一家专卖西点的葆荣斋,咖啡桃、气鼓、拿破仑派,虽然手艺都是山东老乡,可是做出来的西点,松软不滞,甜度适中,不让法国面包房专美。

葆荣斋外面一个摊位,是卖香水香的,除蚊驱秽,俪白妃青,味各不同,芳冽袭人,中人欲醉。

卖香的紧邻,是一家卖梳头箆子、骨头簪子、刨花刷子的,他是一位好话没好说的河北南官人,逛市场的人,都知道他脾气古怪,都不敢招惹他,说不定他一天能跟顾客吵上三次五次架。恰巧他的芳邻是一位善于排难解纷的老道，提起这位老道，也是东安市场有名人物，他的卦棚取名"问心处"，老道长得内柔外刚，实大声洪，有人叫他"笑老道"，有人称他"活神仙"，他都坦然承受，大家就是问不出他的真实姓名来。他精于子平、卜卦，还通晓紫微斗数，礼金因人而定。每天当门而坐，桌上罗盘飞星，擦得又光又亮，先不谈他算命准不准，就是他那套黄铜工具，足够唬人的了。

再过去是一个只卖豌豆黄、绿豆黄的老者，人都叫他假太监，据说他在清宫点心房当过差，一脸上人见喜的笑容，各府邸的人经过，他会请安打千，他的摊每天下午要到三点才摆出来，夹枣泥的豌豆黄，三四十盘子一抢就光。他跟正街丰盛公奶茶铺，在市场里都是独家生意，他家除了奶饽饽，还有鸳鸯奶卷，最好是奶乌他。门框胡同那家奶茶铺，酪是不错，可是吃奶乌他，只有丰盛公了。

市场横街有一家德昌照相馆，楼下仅容一人坐柜台，一转身就得上楼，楼上玻璃罩棚、大型摄影机，无一不全。别看他家楼下没有门面，可是楼上非常宽敞豁亮，大概东北城大、中、小学毕业照相同学录，十有八九都照顾德昌。

明明照相馆的张之达说："德昌做生意，真有一套,别家照相馆每天能有德昌十分之一生意,就够嚼谷啦!"

往南花园去,还有一栋木造楼房,进门左右两边都是庆林春,一边卖福建漆盒,嫁女儿总要买两对添添妆,此外各种花茶,也不比东鸿记、张一元差。有些福州老乡,非喝庆林春茶叶不可,他家的双熏,因为福建茉莉花芬芳馥郁,跟别家确有不同。右边柜台以卖肉松、红糟为主,各式的甜点心如光饼、到口酥、蜂糕生意也不错呢!

楼上有一家小食堂,光顾的都是男女大学生,八毛钱一客西餐,尽管放心大嚼,否则来一盘奶油栗子面或是叫杯冰咖啡,足够情侣们泡上半天的。

楼上坐北朝南有一排房子,有两家画炭画的,还有几家裱画店,其余就是各铺户的堆房了。

楼上紧邻楼口,是一家大耍货店,掌柜的白云生,自己能设计,还会动手,若干飞禽走兽的标本,都是他的杰作,门面虽然不大,可是屋里堆满各式各样大小玩具,据说他销到欧美的玩具,每年要换得两三百万美金外汇呢!

出了大楼,就是南花园了,有几家做绒花、鬓花的,每年过年之前,把做好的绒花拿到财神庙、白云观去卖,一年的开销在一个正月就能赚出来了。

南花园北墙根，有一位卖蛐蛐葫芦的老者，他每年夏末秋初卖蛐蛐、金铃子一类草虫，他凭着若干年的经验，蛐蛐都能过冬。冬天他穿着老羊皮袄，向阳一坐，此时秋虫争鸣，非常好玩。他的蛐蛐葫芦都是自己精心培育长成的，有方有圆，能大能小，在葫芦发育时，他用丝绳扎成各种形状，等葫芦固定后就成了。宫中有钱的太监，都是他固定主顾，等秋虫一上市，东北城各王府喜欢养蟋蟀的公子哥儿们，一买就是二三十头。为了让蟋蟀搏斗，一定要"生口"，没有下过圈的。有一年余叔岩在安徽花园挖到一只银头大将军，几次下圈，已经给余老板赢了近千包茶叶；红豆馆主的令兄溥伦买了一只毫不起眼的蟋蟀，结果两虫一对阵，咬了四五嘴，银头大将军就有怯意，两者一翻身，竟把大将军咬得落了胯。从此葫芦赵的声名大噪，凡是玩秋虫的，只要蛐蛐一上市，总要到市场南花园寻摸寻摸，葫芦赵反而成了东安市场一宝啦。

南花园还有一怪，是花儿匠陈笔，在园子正中，搭了一座花棚子，棚子里也没有什么上等鲜花，可是他有一桩不为人知的特长，就是擅做盆景。他在德胜门里积水潭有一片大花圃，里头养了有四五百盆大小盆景，其中有两人合抱不过来的古木枝丫，也有飞瀑流泉的水盘。当年他曾经给朗贝勒府毓朗做过盆景，一座万木千岩,一座太液春寒,代价是八千块大洋,在当时这个价码,是足以让人咋舌的了。

花园东边有一排二层楼的集贤球房,窗宽室明,长廊高拱,楼下打地球(现在叫保龄球),共有六条球道,在当时算是最大的球房了。楼上打台球,有二十几架球台,欧式美式球台全有,记分员都是女性。如果您去打球,没有球伴,她们也可以陪您打两盘,如果是熟人,还可以把记分员带出去玩玩,照规矩要把两支球杆,交叉式放在球台上,带出多久,照钟点计费。当年宾宴华楼球房有一位记分员,大家叫她龟头,不但球艺超群,而且绰约多姿,善伺人意。后来他们两家因为争夺她,几乎闹出人命,幸亏她被某督军的公子量珠聘去,才结束了这桩公案。

东安市场还有一个特点,是有两家清唱的票房,设在正街楼上的叫舫兴,南花园的叫德昌。舫兴把儿头黄锡五,早年给刘鸿声戏班里充硬里子老生,会的玩意儿还真多,可惜口齿不太清楚。自刘鸿声去世,他无班可搭,因为人极四海,所以伶票两界认识熟人很多。德昌茶楼是由曹小凤主持,曹原本是私坊出身,跟老一辈伶工吴彩霞、芙蓉草、裘桂仙都是好朋友,唱青衣有工半调实力,他跟尹小峰、于景枚一出《二进宫》,彼此对啃,能卖满堂。协和医院有一个票房,青衣杨文雏、赵剑禅，须生陶畏初、管绍华，老旦陶善庭，花脸张稔年、费简侯，小丑张泽圃都不时到德昌，加上奚啸伯也时常去捧场，几乎天天客满，到了星期天，名票来得多，居然有人泡一壶茶，在窗外头站着听的。

舫兴那边以陶默厂、杨小云为台柱，再加上邢君明、关丽卿、李香匀、臧岚光、孟广亨、关醉蝉、胡井伯、柏艳冰等老少名票轮流捧场，每天上座，也是满坑满谷。陶默厂一出《凤还巢》、一出《宇宙锋》是她的绝活儿，有一次梅畹华在森隆吃晚饭，听了陶默厂几句慢板，认为她嗓音清脆能够及远，水音特佳，是个可造之才，可惜身量嫌矮了一点，影响扮相，没有大红大紫。每逢舫兴、德昌两家一唱对台好戏，连吉祥戏院也会受到影响，除了杨小楼、马连良几位超级名角外，如王玉蓉、新艳秋一类坤角，都怕舫兴、德昌两家彼此卯上，影响园子上座。

我的朋友王献达大学毕业论文，教授指定他写东安市场，后来他那篇论文还译成英文法文在普度大学、巴黎大学发表。当他写论文时节，知道我对东安市场事物比较熟悉，约我帮他采访，所以事隔五十多年，我对东安市场始终留有深刻印象。

现在北平一切都变了，听最近回过内地的人说，东安市场这个名字,前几年已被取消,改名东风市场,建筑也都改成一块一块的小屋子,从前好吃好喝、好瞧好玩的物事,也都荡然无存。要不是我脑子里,还存留有若干印象,将来找一位说天宝遗事的白头宫女,恐怕都找不着了!

(发表于一九八五年十月一日)

那一碗卤煮火烧

最难忘的是那一碗卤煮火烧。我是在天桥剧场外的路边吃的这碗卤煮的。那时北京大型演出都在天桥剧场，这是当年最大的室内剧场了。当年从西郊前往天坛方向看一场戏，是一个相当"奢侈"的行动，因为路远，要赶早去，这就吃不上晚饭，散了场，多半又赶不上末班车。所以，看一场戏要做好多天的准备。当年这些演出都很隆重地选择夜场，我们看一场戏如同一场豪华的约会。那时从北大到天桥的公交车，只有不可选择的唯一路线，即从北大西门乘坐32路至终点站动物园，换乘去天坛方向的有轨电车。贫穷的我们记不得那时是否已有出租车，即使有，也是想都不敢想的。当年连自行车都很"贵族"，更不用说私家车了。所以，即使看演出如同一场豪华的约会，我们也还是只能：挤公共汽车。

为了赶时间,一般是趁着下午太阳落山前出发。出发时学校的食堂还没有开门,我们总是饿着肚子。冬天,北方的夜晚很早就暗了下来,剧场周围没有饭店(即使有,大学生多半囊中羞涩,哪敢去!),倒是那些街边小贩显得非常活跃,趁着大家都贫穷的时候揽生意。那天看什么戏我忘了,倒是演出前的那一碗卤煮火烧永远难忘。剧场外的广场很宽敞,只是没有照明的灯,黑黑的,暗暗的,暗黑中有一道亮光,那是当年摊贩常用以取亮的电石灯。说是灯,其实是一道明火。火被寒风吹着,冒着一道黑烟,那是暗黑中的一道光明,它带来了寒冷中的温暖。

记得那是一架肩挑的担子,挑子的一端一口大锅,翻滚着、沸腾着浓浓的汤。肩贩做的是北京的一道名吃:卤煮火烧(北京人把它简化了,习惯叫"卤煮")。挑子的另一端是一块厚厚的墩板,墩板是油冒冒的,那种油腻的状态很激发人的食欲——它给人一种日常居家的、平易的、不加修饰的感觉。

前面说卤煮是一道名吃，说名吃未尝不可，其实北京上得了台面的名吃可谓多了，怎么也轮不上它！卤煮很便宜，它是北京一般（不含贬义的底层）居民的日常小吃，并不是什么名吃。

卤煮的主材是火烧，是特制的一种烧饼，厚约寸许，烤制的。我这里说火烧是主材，也未必妥当，其实吃卤煮火烧主要看中它的那些非主材的部分，即它的汤汁，以及这些以汤汁卤煮的猪下水，即猪的内脏：肝、肺、肚、腰子、大肠、小肠、猪血等。当年这些猪的下水，是全猪最不值钱的部分，用它们来做小吃，下层人吃得起。所谓卤煮，就是对这些猪下水实行加工，大料、花椒、葱、姜什么的，这些廉价的食材加工煮熟备用。客人来了，商贩根据客人的需要把火烧切块下汤锅煮透，装碗时加汤，最后是挑选那些卤煮的下水，切成块或段，火烧垫底，下水摆放在上，再撒上葱花蒜末即可。

热腾腾、香喷喷的一碗卤煮，价钱不贵，热量足够，不仅可抗饥饿，也足以驱散冬夜的寒冽。我和一般食客一样，嘴馋的并不在垫底的火烧，而是铺在碗面上的那些油冒冒的卤货,其中大肠和猪肺的口感极佳,是我的最爱。我总希望商家多给我切,但那是不可能的,他有自己的规矩。天桥的那一个夜晚,那个夜晚的一碗卤煮,这样的暖人,这样的温馨,它终于成为了我的北京记忆的一部分,什么时候想起,我总是兴奋莫名。可惜的是,那一个肩挑,也成了永远不再的风景。

现在人注重"养生",他们怕肥胖,怕胆固醇,他们从拒绝油腻转而拒绝肉食,更不用说那些猪下水了。他们的养生之道是:既不能甜,又不能咸,更不能油,他们过的是不咸不甜的人生。我很同情现今的那些迷信养生和补品的人们,他们被那些"神医"误导了,他们的味觉严重地退化了。他们至少在"食"这一字上,失去了人生的诸多乐趣。他们不知,就我们此刻讨论的卤煮而言,其间有多少"精彩"是他们不曾领略的?远的如东北的"杀猪菜",那种粗犷的、豪放的吃食风格,他们无缘享受,这且不说,就北京而言,甘石桥那边的"砂锅居",几百年的老字号了,它就专门做的猪下水(当然也有用正经的部位做的,如招牌菜"砂锅白肉")的"干活"——烩血肠、九曲回肠、砂锅杂碎,都是它的名菜。记得姚雪垠的《李自成》中,就有一个细节写的是其中人物在"砂锅居"的宴饮,那写的至少也是数百年前的往事了!

二〇一四年二月十八日

于昌平北七家

维
兰

维兰不是花的名字，尽管听起来像是在说一种兰花，但在我的心目中，维兰就像是一朵美丽的花。其实维兰是一家西餐厅。我不讳言我是这家西餐厅忠实的食客。从发现到现在，至少也有四十年的时光了。维兰最初的店面，是在西苑通往颐和园的同庆街上，一座简朴的四合院民居，是否即是店家的老屋，不得而知。西餐厅和四合院构成一道中西合璧的奇特的风景，这在当日特别显眼。门厅、左右厢房都摆了餐桌。中式的房舍，西式的内装修，灯饰、壁画、侍者、洁白的餐巾和闪光的餐具，都是让人刮目相看的正牌的"洋装"。餐厅做的是法式和俄式大餐。

七十年代后期，随着"文革"的结束，国门开放，迪斯科、牛仔裤、可口可乐、手提放录机，一时涌上中国街头，西餐馆也大模大样地开张了。维兰的出现传达了早春的讯息。此时中美恢复交往，尼克松总统访华。有趣的是，总统和他的随行居然在这里留下了与维兰主人的合影！据说，随后拟到访这家餐厅的，还有基辛格和克林顿。美国人显然是把维兰的出现当作是中国走向世界的一扇小小的窗口了。当然，这是与中国社会的整体走向攸关的现象，久经锁国的西餐厅的营业，这姿态和氛围是摆脱重负的社会走向开放的一种象征，对于长期压抑的人们来说，是心情的松绑和释放。

但维兰正宗的、高雅的品位，却是让人倾心的真正原因。这几十年，我走过许多地方，也吃过许多的餐馆。就北京而言，也有几家名声很响的西餐馆，海淀五道口周边，清华北大一带，尽管餐馆如林，说实话，实在是乏善可陈。这些餐馆对我而言，是一个边吃边忘、边吃边淘汰的过程。只有维兰是一个例外，它可说是奇特的存在。自它开业以后，多年来，我像当下那些痴迷的追星族一样，一直紧紧地追寻它的踪迹，从最初的同庆街到西苑菜市场沿街，再到颐和园内厢骑楼，随后是中关村科技大厦，一直到现在的万泉河路，我都"亦步亦趋"，紧追不舍。

维兰的每一次搬迁，可能均与经营有关，例如中关村科技大厦，据说是因为租金太高，很难赢利。但不管落地何处，我总能"追踪"寻到。而且总是惊喜地发现，它的风格没有变，都是秉承高端的、清雅的品位。维兰的创始人郑维之老先生[*]是名厨出身，他自述，年轻时曾在北京的"英国府"和俄国使馆当过主厨，做得一手地道的西餐。他为维兰确定的经营方针是高品位、中低消费。也就是说，维兰以坚持高端的品位和合理的消费标准相结合的经营方针吸引了像我这样不求炫示的普通食客。

时间久了，来的次数多了，作为"资深"的回头客，我知道它的菜肴风格。每次光顾维兰，必点的一道菜是法式奶汁烤鳜鱼——洁白的大盘衬着散发着热气的平底锅，奶汁浮于上，白色泛黄的微焦，

---

[*] 郑维之（1921—2013），原籍山东。二十世纪七十年代末创立维兰西餐厅。

鳜鱼被奶汁裹着,外焦里润,香气四溢。再就是维兰的汤,堪称绝佳,我总点蟹肉奶油汤,有时也点奶油蘑菇汤,它的好处是浓稠而柔,洁白如玉,冒着热气上桌。俄式的红菜汤也做得好。每次到临,我们总对维兰的汤,赞不绝口,热,微稠,适当的盐和胡椒,佐以香脆的"法棍",堪称绝配。

郑维之很敬业,他自己常来店"巡查",女孩子们亲切地喊他爷爷。爷爷来了,到处看看,指点。有次遇见,他兴趣很高,亲自为我们做了一道红酒鸡。维兰的菜谱被我翻烂了,它的罐焖牛肉、它的铁板杂拌、黑胡椒牛排,以及最后的咖啡、冰激凌,我们都喜欢。要紧的是它的价位,始终定在中低档上,一般工薪阶层和老年顾客都乐于接受。量足,味道正宗,价格合理,当然是宾客盈门了。

维兰的奶汁烤鳜鱼,几十年来,总是五十八至六十八元,而我最爱的蟹肉奶油汤,也总是十二至十四元,人均消费总在百元上下。加上它的幽雅的环境和彬彬有礼的服务,几十年来,我总是避开中关村的嘈杂和喧哗,把最亲密的朋友带到维兰来,让他们与我共享这平和的、温馨的,同时也是高层次的西餐美食。兰花般美丽而端庄的维兰,总让人不忘。

二〇二〇年三月二十日,北京全城小区封禁时期

于昌平北七家

禅猫

维兰和禅猫，从名称看，一个像是花卉，一个像是宠物，但都非是。正如维兰不是兰，禅猫也不是猫。维兰我已写过文章，是一家我经常光顾的西餐厅，禅猫则是一家日本料理。如我钟情的维兰，禅猫也是我看好的日式餐厅。禅猫的"禅"，音与"馋"同，容易与好吃、嘴馋联系起来，其实，它也是语含双关，有意地混淆，前来的客人，可能就是或是希望是一只馋猫。日本文化中的确有很多佛禅的寓意，既在讲吃，也在讲禅，因此，应该将它定位于饮食中的禅的意味为妥。

禅猫餐厅位于顺义临近机场的一条小街上，周围有外国人居住的高端小区，小街没有名字，我们习惯叫它"小街"。平房，环境幽雅，落地窗外，可见水岸和树林。餐厅设日式的以及适应中国人而无须盘腿的桌位，从侍者到内部装饰，都充满日本情调。除了环境，我更看重菜品的特点和质量。日本料理的重点在刺身，而判断这些刺身的，首先是新鲜、正宗。禅猫的刺身，从三文鱼、鲷鱼、金枪鱼、章鱼到龙虾，都无可挑剔。一款什锦刺身，配上花团锦簇的蔬菜，附以甜姜片和芥末，让人欣悦。

日本料理有它无可替代的独特性，口味清淡，烹调简约，米饭寿司，在单纯中见繁富，佐料也清简，无非是酱油和芥末，食材以鱼生为主，讲究的是新鲜、清朗、本色。味道是单一而纯粹的，淡淡的，轻轻的，微酸、微甜、微咸，少刺激，不激烈，平和而淡定。在色香味诸要素中，日餐更注重视觉的效果。一桌普通的餐饮，除了菜肴本身的鲜丽，还配以诸多色彩斑斓的花草：菊花、蝴蝶兰、紫苏叶子、茼蒿、荷兰小黄瓜、山葵——把食品装扮成一盆花！因为太美，往往让人不忍动筷子。

这些特点，禅猫当然都具备。而禅猫最吸引人的，却不是它的豪华，而是它的朴实。我平生消费，不很看重排场，讲究的是实至名归，味道正，食材新鲜,还有价位适当。在此前提下,禅猫的定食成了我的首选,而鳗鱼饭定食更是我的最爱。我常在午间到临这家小店,为的是能点到一份鳗鱼饭定食。精致的漆盒,垫底的是米饭和姜丝,软糯的鳗鱼置于上,日本的米饭香气四溢,而鳗鱼则是酱烧微甜,鱼是烂熟,闪着油光,造型完整。一个大木盘,主菜以外,一蛋羹、一酱汤、若干日式小菜,一人吃足饱。

除了定食,有时餐聚,也点菜,金枪鱼蔬菜沙拉、天妇罗、什锦刺身拼盘盛装上桌:切得厚厚的三文鱼片、银带鲱鱼片、甜虾、象鼻蚌,组成了极美好的视觉和味觉的综合享受。当然,酱汤是不可少的,也许最后还有一碗乌冬面,也很尽兴。折算是比较铺张的。有一次点了一款鹅肝,以为很贵,却是平常价位,于是越发感到亲切。还有一次,偶然发现小碟装的芥末章鱼须,芥末呛鼻,章鱼生脆,也喜不自禁。

日式饮食与中式饮食截然有异,一般而言,前者清淡少油,后者浓郁重油,中国人吃日餐,常感过于寡淡,而日本人吃中餐,受不了它的"浓墨重彩",于是有了"莼菜鲈鱼"之叹,想起他们的一碗酱汤了。我本人是一个老饕餮,东西南北全吃,当然不会"排日",甚至还颇为"亲日"。一方吃食乃是一种文化传承,从此养成了有差异的胃口。

于我而言,生于东南海滨,居住北京少说也有六十多年,说话是南腔北调,胃口是不分东西。几十年下来,奇臭无比的北京王致和臭豆腐,居然也吃出了它的"香"来。但不论如何,还是对北京的豆汁,存有戒心,禁口几十年。前些时偶尔一试,也还可以,不像传言的那么严重。回到日式的吃食上来,那年日本友人请吃日式火锅,用生鸡蛋做蘸料,很不习惯。至于日本著名的纳豆,却是始终怀有"敬畏之心"。何时能像吃北京的臭豆腐那样对纳豆感到"亲切"了,我就可能是一个"日本通"了,哈哈!

二〇二〇年三月二十六日

疫情未过,燕园的迎春谅已凋零。

红辣仔

红辣仔是一家湘菜馆，位于北大蓝旗营。那一溜街边，还有一家，叫红辣子，也是湘菜馆。两家名字如此相近，而且几乎紧挨着，其中定有一番瓜葛，商业竞争之事，外人无从得知，食客也无须问。两家做的菜基本接近，但我选择红辣仔。不因别的，就因它的店堂敞亮，装修简洁明快，令人愉悦。当下许多店家，为了讨好时尚顾客，往往将店面弄成神秘的灰暗，我不喜欢。于是当然就选择了红辣仔。我外出就餐，总是找明洁鲜亮的餐厅，当然，前提是菜要做得好。

湘菜尚辣，但火烈的程度不及川菜。川菜有点"蛮横"，是不容讨论的那种"理应如此"。而湘菜毕竟还留下点南方的雍容尔雅，辣而不火爆，更不会"强加"。但这与我无涉，我不怕辣。重庆的红油火锅于我犹是平常,我还怕什么!都说辣有三种:辣不怕,不怕辣,怕不辣,我属于"怕不辣"一族。自诩为"美食家"的我,酸甜苦辣咸,样样来得,不仅自信,且因而自豪。这样,我自然就成了红辣仔的常客,而决然远离了几乎同名的另一家湘菜馆。

中关村一带,北大清华周边,食肆林立,但平庸者多多。有些用了时兴的名字,装潢也很"小资",是为了迎合那些"白领",也包括那些大学生的趣味。为了引起注意,它们多半在菜名上巧立名目,例如通常的"蒜泥白肉"改称"晾衣白肉"之类,我对此总是"回避"的。而我关注的是菜本身,是否专业、地道、本色,性价比如何,等等。当然,店堂要明亮大方,让人吃饭有好的心情。红辣仔因此深得我心。

而最关键的是红辣仔的湘菜做得好。红烧肉是湖南做法,不加糖,甚至也不用酱油,清纯软糯,肥而不腻,瘦而不柴,微辣,入口即化,端的是佳品。此外,如剁椒鱼头、酸菜烧鸭血,都好。甚至它的钵饭,也是别处所无,米饭装于钵中,上笼屉蒸,如乡间民家所为,都有湘乡特色。在它的食谱中,我特别倾心于招牌菜芷江鸭,此菜吃过上瘾,我几乎每次必点,甚至可以说,去红辣仔就是要去吃一盘芷江鸭。我于京城鸡鸭,除烤鸭外,一般都拒绝,唯有此菜例外,是屡吃屡点,屡点屡吃。

问题是菜的确做得好,鸭子是瘦肉型的湖鸭,经过特殊处理,盐、酱油、香料,烧成半干状态,收汤上桌,撒以香菜葱花。菜份分大、中、小盘三等,随顾客便。厨师很有经验,每盘都能根据等级,匀出适量的胸、腿、头、翅、爪来。这道菜,鸭肉呈酱色,不肥不腻,入味至骨,香气四溢,堪称极品。我每次问津,总先致电商家,专点芷江鸭,怕临时点不到。而商家亦颇用心,总是为我预留。我在该店有我喜爱的"专座"。

那年出差,由湘及黔,抵黔境铜仁。湘经过怀化,西南行,约五十公里为芷江,这可是芷江鸭的"故乡"了。在芷江路边小店,我点名要吃正宗的芷江鸭,郑重地点了一款芷江鸭。原盘上桌,一如蓝旗营所见,不同的是,芷江鸭的东西南北四周,多了四片五花肉。这五花肉摆放得十分郑重,似是一种无言的情调。由此也揭开芷江鸭制作的一道秘境,那就是瘦鸭与肥肉的融合,鸭肉在制作过程中吸收了五花肉的精华——它原是多种味道的综合。

回到五道口的这家红辣仔,我与店家从此建立了很好的友谊。一个电话过去,芷江鸭一定留着,"谢老师专座"也一定留着,而且往往,那盘中会多出一二只额外的鸭腿。但是好景不长,某日,红辣仔无声地关闭了,当然连同我的最爱以及我的"专座"。这也许是商业竞争的结果(两店店名如此相近,几乎同音,本身就颇蹊跷),此事他人无须过问。但这对我而言,不啻是一种顿失佳朋的落寞。

二〇二〇年五月二十日

于北京昌平北七家

寻味十一记

一碗杂碎汤

等了三代人

这题目乍看有点耸人听闻，但是，且慢，这是真事。一碗杂碎汤，一碗让我垂涎三尺的新疆乌鲁木齐的杂碎汤，竟然让我记挂了近三十年！而且，更不妙的是，三十年过去了，至今也仍是一个未完成的念想。几次来到新疆，下了飞机，悻悻然记起的，也还是这一碗始终不能兑现的羊杂碎汤！

说起来话长。那是二十世纪八十年代中期，我应陈柏中先生的邀请第二次访问新疆。那年同行的一共四人，刘再复、陈骏涛、何西来和我。我们开始了对于新疆的紧张访问。那天是陈柏中设家宴款待我们，他的夫人知道我们四人中有三人是福建人，夫人特意做了一席适合福建口味的盛宴。

从我们的住处到陈府不用乘车，我们是穿街走巷就到。路过一座市场，那里清洁敞亮，透明的凉棚下，一溜排开的新疆美味小吃。最诱人的是那些卖羊杂碎的摊子，女士们一袭白衣，站在热气腾腾的汤锅前。滚沸的清汤、鲜嫩的羊下水，一碗盛好，外撒脆生生的芫荽和鲜红的西红柿片。

这么洁净的食肆，这么鲜美的、色香味俱全的杂碎汤，我在内地从未见过。我看得呆了，竟移不动脚步。我央告说，我想吃一碗再走。大概是丰盛的家宴已在等待客人，也可能是担心一碗杂碎汤下肚失去了胃口，陈柏中急了，连拽带推，硬把我从市场拖了出来。他安慰我说："新疆有的是这样的杂碎汤，到了喀什我请你！"

我们在喀什的访问依然紧张，但陈柏中真的没忘了他的承诺。但是不幸，偌大的喀什城我们竟然找不到一家卖杂碎汤的！主人当然觉得没有面子。我们就这样有点惆怅地又回到了乌鲁木齐。送我们上飞机的时候，陈柏中热情地向我们挥手告别："记住，一定再来，我请你吃杂碎汤！"

一晃竟是十年过去。陈柏中退休了，女儿出嫁，女婿是诗人沈苇，我认识的。这下，他干脆顺水推舟,把这"未完成的事业"交给了下一代。沈苇大概是得到这位泰山大人的真传,连续几年接待我,都是信誓旦旦,但依然是"杂碎汤的,没有!"

记得那年,我们又有机会再聚乌市。一阵美酒佳肴过后,已是午夜。沈苇酒酣饭饱,猛然想起亲爱的岳父的嘱托,记起了"拖欠"多年的那碗汤。他酒眼惺忪,兴冲冲地说:"走!今晚我一定要请你吃杂碎汤!"而此时,即使是习惯于熬夜的乌鲁木齐都打烊了。我跟着沈苇蹒跚的步履,像一对醉鬼游走在乌鲁木齐的大街小巷。这当然是又一次只是表达"诚意"而毫无结果的行动。

我对新疆很有感情,因为新疆不仅山川雄丽,而且新疆的朋友多情友好又豪爽仗义。迄今为止,我访问新疆少说也有七八次了,每次都是满载友情而归。但就是那一碗可爱又可恨的杂碎汤,它几乎成了我的"心病"。我想,这可能也是陈柏中和沈苇的"心病"吧!

时间过得真快,沈苇不仅有了女儿,而且女儿也已成人。显然,沈苇的心境十分平静而又坦然，他心中有数，他已经把那个"未竟的事业"交给了他的下一代了。几次见面，他总是满怀信心地说："不就是一碗杂碎汤吗？完全没问题，我女儿请你！"

前些日子，沈苇再一次陪我从乌鲁木齐来到阿克苏。下飞机的时候，我们一起回忆了这碗杂碎汤的"故事"。前来接站的阿克苏的朋友听着，惊奇地睁大了眼睛："我们新疆人友好好客，很大方的嘛，一碗杂碎汤还要等三代人？我不信！"好在沈苇在场，证明我没有说谎。

至于将来要请我吃杂碎汤的第三代人，我至今还没有和她接上头。我想，她应该是一个可爱而又漂亮的新疆女孩。

二〇〇九年八月七日

于北京昌平

美不可言的
八碟八碗

终于有机会吃到地道的满族菜，地点是在新宾。新宾是满族自治县，属抚顺市管辖。它是清王朝的起运之地，赫图阿拉城是大金国的兴京，与东京辽阳、盛京沈阳并称"关外三京"，是如今保全最完好的女真族山城式的都城。赫图阿拉是清太祖努尔哈赤的诞生地，皇太极、多尔衮等诸多名将也都诞生在这里。这是清王朝的龙兴之地。

那日行程很紧，我们先拜谒了清永陵。永陵是清王朝祖先的陵寝，这里葬着努尔哈赤的父亲和祖辈。而后进入赫图阿拉，看了汗王井，看了金銮殿。老城的面积很大，电瓶车带着我们游走，走了走了，就近午了。午餐安排在这里的知名餐馆，吃地道的满族菜肴：八碟八碗*。前面说过，新宾是满族自治

---

* 八碟八碗席的内容，据手边的不同材料有不同的说明。一份材料说，八碟为：肝肠、冻肠、冻子、面肠、面蛤蟆、卤猪头肉、拌干豆腐片、炸肝；八碗为：酸菜粉、素烩汤、甩秀汤、下水汤、烧肉块、烧肉丸子、粉花汤、氽白肉；随配的主食一般为粘豆包、粘火勺、烙烙（酸汤子）、春饼、豆面卷子等。另一份材料说，八碗是：雪菜炒小豆腐、卤虾豆腐蛋、扒猪手、灼田鸡、小鸡榛蘑粉、年猪烩菜、御府椿鱼、阿玛尊肉。

县，赫图阿拉又是努尔哈赤霸业发祥地，这里的满族菜应该是最正宗的。

在北京可以吃到全中国乃至全世界的名吃。原先占领北京餐饮界的，鲁菜居首，大概是地缘的关系，山东靠近京城。鲁菜中葱烧海参最有名，北京菜中的酱爆鸡丁、乌鱼蛋汤等，可能都受鲁菜的影响。再后来是粤菜和川菜平分京城的餐桌。粤菜清淡，川菜浓烈，各有优长，正好适应了不同口味的美食者。记得当年，偌大京城吃一顿川菜很不易，只有西绒线胡同的四川饭店、地安门外大街的马凯。交通不便，自行车、公交车倒腾半日，能够吃一份麻婆豆腐，竟似是吃了顿龙肝凤胆。现在当然不同了，川菜已遍地开花！

东北菜进京是近年的事。京城里的政界商贾、演艺明星、白领佳人，吃腻了山珍海味，在时尚啃玉米嚼南瓜的同时，粗放的东北菜得以乘虚而入。猪肉炖粉条、小鸡烧蘑菇一时颇得那些"吃坏了胃口"的人们的青睐。北京有几家"大食客"，它们的名菜"四大金刚"，就是以这样的"野气"征服了那些"不知吃什么好"又"不差钱"的主儿们的。

东北菜的核心应该是满族菜。清朝问鼎之后有满汉全席名世,那是一般平民百姓无法问津的,倒也罢了,不去想它。知情者介绍说,最能体现东北菜精粹的,是满族的八碟八碗。而八碟八碗的故里则是新宾。新宾的满族菜做得最到家的,就是此刻我们驻足的赫图阿拉城宾馆(新近改名后金宾馆)餐厅。这里的满汉全席和八碟八碗据说最正宗。

开席之先是"汗王醉",本地白酒,度数不高。酒过三巡,菜上桌了。上菜也是东北风格,大碟大碗,不分上下前后,齐刷刷地全上来。主人介绍说,八碟八碗是四冷四热、四荤四素,即四热菜中两荤两素,四冷菜中也是两荤两素,共八碗,都用高而深的大碗盛着。八碟亦类此,也是四荤四素、四热四冷,充分展示东北人的粗犷豪放。另有主食,大多是黄米粘豆包、粘饽饽一类。

东北菜用料并不考究,用的都是常见的原料,做出的菜原汁原味,体现充足的乡土情怀。精致也许不是它的长处,质朴却是它至上的追求。它的最大特点是少装饰、忌琐屑，朴素、单纯、简洁，尽量少用佐料和辅料，凸显原料的真质。中国菜系中用料讲究的，制作精细的，色香俱全的，造型精美的，是主流的趋向，大都源于南方各菜系，粤菜、淮扬菜、潮州菜、闽菜都是，而晋、陕、陇右诸地，特别是东北，风格与之迥异，崇尚的是简约单纯、大气磅礴。

那日上桌的一道炒鸡蛋，征服了我，使我不敢小觑这东北菜。这道菜不见葱姜，不用料酒味精，更不用西红柿或其他来搅混，是绝对的清一色鸡蛋，金晃晃，蓬松松，不咸不淡，不稀不稠，恰到妙处。炒鸡蛋是平民的家常菜，一般是不上酒席的，在这里却成了珍品，足见东北人的诚挚憨实。都说鸡蛋好炒，都说红烧肉谁都会做，其实，简单不等于容易，容易更不等于精彩。都是平常菜，都是不平常的效果：炸茄盒、白菜冻豆腐、血肠白肉酸菜粉、凉拌黑木耳，在这里都有了说不出的滋味。我体会到，吃菜吃到了最后，是对一种文化的认知和体悟。东北菜就是已经变得遥远了的当年马背上的民族的英姿与心志在餐桌上的再现。

这番宴席,最难忘的是八碟中的那道冷荤肉皮冻——昔日京城苦力常用以佐酒的小食品,这样最不起眼的吃食,却硬是被做到了令人叹为观止的极致:纯白色,透明如水晶,凝脆而柔韧,仍然是绝对的单纯,仍然是不用任何的添加,包括酱油,也包括花椒和大料。神奇的是极为清醇而绝无异味。

对菜肴从来是挑剔的我,对此却是无可挑剔。晚上是抚顺市的送别晚宴,席设罗台山宾馆,是豪华的全鱼宴,鱼是从大伙房水库现捞的,我当然应该留有余地去应付晚上的宴请。但是这一席八碟八碗实在太诱人,我无法放下贪婪的筷子。即使这样,我还是没有"穷尽"这一桌盛宴,待得依依不舍地要离开餐桌了,人们好心地告诉我,那款小小的、透明的果仁甜三角是天下最好吃的糖三角!

二〇一〇年八月十六日

于昌平北七家

除夕的太平宴：闽都岁时记

进入腊月,母亲就开始忙碌。她默默地筹划着,一切是紧张而有序地进行着。先做什么,后做什么,止于何处,如何收尾,母亲胸有成竹。在腊月,母亲是战士,也是指挥员(其实她能够指挥的"兵"实在有限),但更多的是亲自冲锋陷阵的战士。闽地历来重视春节,腊月的"战斗"是为了迎接春节。

腊月的第一大事是除尘。这有实际和实用的意义,更有文化象征的意义。堆积了一年的杂物清理过后,就开始大扫除。母亲从乡下人(福州人对来自郊区农民的统称)那里买来青青翠翠的细竹枝,按照习俗用大红纸捆绑竹子的根端,扎成一把大扫帚,这就是除尘的主要工具了。母亲就飞舞着这充满喜气的红绿相间的除尘掸子工作。她用布巾罩住她美丽的发髻,把楼檐屋角的灰尘来了个彻底大清扫。

除尘而后，开始擦地板。在迎春的所有活动中，擦地板的活最重。当年福州城乡的房舍，基本都是木结构，家家铺的都是不上油的原木长条板。所谓擦地板，就是以人工清除地板上一年的积垢。清垢的办法是用细沙沾水用力反复搓。做这活时母亲双膝跪地，用抹布和水、和沙奋力搓擦。楼上、楼下、楼梯、临街的游廊，凡是有木板的地方，都不能遗漏。擦过，再用清水漂洗、搓干，这才安妥。

记忆中做这些事时，母亲是非常地劳累，却是非常地美丽。她原是农家女，劳动是熟稔的。嫁到了城里，她也习惯了城里的习俗。扫除了，清洗了，接下来是细致一些的劳作，那就是给所有的铜器除垢。香炉、烛台、抽屉和门上的铜锁，凡是铜质器皿、物件，一处都不能漏。这些事，母亲多半派我们做，一家姐弟在一起劳作，一起说说笑笑，也有一番乐趣。铜器除垢也有土办法，用香灰搅拌食用醋，先用湿布擦，后用干布，三遍就锃光雪亮。

年前的卫生工作结束了，此时满屋生辉，大家都喜乐。母亲没有停歇，她开始有条不紊地，也是不紧不慢地购办年货。福州当年的习惯，过年的吃食基本都是自家做：年糕（一种香叶蒸的红糖年糕）、"肉丸"（一种芋头丝加肥肉丁和香料蒸的甜年糕）、"斋"（一种糯米制作的、带馅加清香竹叶蒸制的米粿）。一切原料都是现采购。原料买来了，全靠手工浸泡、磨浆、揉、搓、捏、包裹，而后上笼屉蒸。从备料到成品，其间工序复杂，尽管也是忙成一团，却也是欢欢喜喜的。这时节，当灶屋升腾起蒸腾的热气，我们已经欣喜地觉察到节日是临近了！

这些艰苦的却也是快乐的劳作，还不包括那些腌的、卤的、糟的、炸的、煮的，各种门类，分门别类制作。每一件事，都有它的要求，也都不简单。这一切，都要在腊月的中旬完成。这些琐琐碎碎，几乎无一例外地也都是母亲一人在做。腊月尽头就过年了，过年是享受，不做事的，母亲要赶在年节到来之前，将一切都准备好，为的是让我们省心地玩，为了贺节，为了团聚，更为了欢乐。

腊月二十四是民间说的"小年"，灶公的生日，俗称"祭灶"。祭灶是年节的序曲。更像是一部抒情的欢乐交响曲的第一乐章。在我们家,祭灶的第一步是重新布置、修整灶公的神龛。用了一年的神龛,有些陈旧了,每年祭灶前都要裱褙一新。神龛的装饰主要由剪纸构成,底色是白色的,剪纸是红色的,有神像,有对联,有花边。对联是草书体,祖上传下来的,不知出自哪位先人的手书,运笔飞动遒劲。每年都剪,用后留模本,隔年再用。那时年幼,但记得七言上联的末尾有"鼎鼐"二字。那时是不知解,也不求解。

祭灶日我们按规矩烧香、上供、叩拜。跪拜以后就有盼了一年的快乐:吃上供的灶糖、灶饼以及种类繁多的干鲜果。灶糖、灶饼是福州民间糕点和糖果的小小的总汇,平时我们享用的只是个别的品类,如今是一拢儿涌向面前:核桃云片糕、猪油糕、糖耳朵、"鼠尾巴"、糖枣、花生酥、"红纸包"。平时牵挂的、垂涎的,如今全到了眼前,这是在梦中吗?祭灶更像是一年快乐期待的最初的兑现。

小年过后,母亲酝酿着除夕的冲刺——这是腊月的最后一场"战役"。年夜饭是一年所有节庆餐聚中最盛大、最隆重,也最"奢华"(视各自的家境而言)的,因为这是一年中全家人最珍惜的大团圆的宴集。为了筹划并推出这顿年夜饭,母亲依然独当一面,沉稳地、有条不紊地进行这场冲刺。从备料到制作,她把手泡在冰冷的水里,她来不及梳理那紊乱的鬓角——母亲依然美丽地活跃在香气四溢的灶间,她变戏法似的从"魔箱"里变出了一桌丰盛的团圆饭。

正式宴会之前是敬奉神明和祖先。红烛烧起,香烟点起,挂鞭响起。跪拜过后,供桌前点燃了井字形搭起的干柴,我们点燃那干柴,熊熊烈火中,孩子们使劲地往火堆里撒盐!盐粒遇火,烈焰爆出清脆的噼啪声。据说是为了驱邪,我们更理解为欢乐地迎春!宴席是丰富的——即使是艰难岁月,像我们这样并不殷实的清贫人家,依然是异常地丰富。

这一场酒席,更像是闽菜精华的荟萃:红糟鲢鱼、糖醋排骨、槟榔芋烧番鸭、炒粉干、芋泥、什锦火锅,最后是一道象征吉祥的太平宴。(福州方言称鸭蛋为"太平","宴"是燕皮包制的肉燕的谐音，这是一道汤菜，主料是整只的鸭蛋、肉燕外加粉丝、白菜等。）平日里省吃俭用——有时甚至陷于难以为继的困境的家庭，在年节到来的时候，一下子却变得这样的"奢侈"！当年年幼的我，嬉玩中也曾有对于家境的隐忧，但这一切都被母亲的"魔法"化解了。那一定是指挥若定的母亲平日节俭中的积攒。

伟大的母亲，她能在困苦中孕育幸福和欢乐，她为我们的欢乐化解了困顿，隐忍了痛苦。除夕的宴会是榕城岁时的一个高潮，母亲的辛苦至此也是一个短暂的放松。除夕的夜晚全家都是盛装出席，母亲也不例外，此时她虽人已中年，却是一副成熟的青春气象：一袭素净的旗袍，带上耳环，发髻插上鲜花，头发依然乌黑而光可鉴人。只有此时，她才呼唤众人端菜上桌，招呼众人给父亲敬酒。她坐定她的座位，静静地分享着全家的欢乐。

二〇一一年十二月二十一日

于北京昌平北七家

江都河豚宴记

那年到南京，南京的朋友一时兴起，要拉我们去江都吃河豚。说走就走，容不得半点迟疑。为了赶上这席河豚宴，我们过扬州时，在瘦西湖也只是草草地绕了个弯——好像是在应付似的，至今想起，还是觉得挺对不起那二十四桥明月的美景——就这样，我们一口气赶到了江都。当日的江都还是单列的市，现在已是扬州的一个区了。

朋友的河豚宴，席设江都的人民饭店。那是一家非常一般的饭店，名字很一般，店容也很一般，是一副解放初期国营店的老旧面孔。门脸临街，没有任何装饰，倒有一副"酒香不怕巷子深"的自信与笃定。因为是熟人，我们由主人娴熟地引导走巷子边的后门（好像有点神秘）。过工作间，过厨房，进入楼上的一个单间，一切都是不加修饰的随意和简陋，如同它那叫作"人民饭店"的名字和它的太不在意的外观。

我们本来就是为美食而来，是用不到讲排场的。对于这些成了精的"吃货"（用现今流行的称呼）来说，只要食材和烹调到位，再简陋的环境也都不会影响他们的食欲和味觉的。主人为这桌宴席倒是做了精心的准备，养殖的、野生的、清蒸的、红烧的，各个品种，各种做法，上桌时主厨先"试吃"——这是当地吃河豚的规矩，为了减除食客的顾虑——一切都有板有眼的。

河豚宴的主角当然是河豚。在主菜未上桌时，端上了一只热气腾腾的奇大无比的砂锅，里面是每只大如拳头的清炖狮子头。狮子头是淮扬名菜中的翘首，在中国菜中，北方的四喜丸子、潮汕的牛肉丸，各地大大小小的煎的、炸的、红烧的、清煮的类似的菜肴，都没有扬州狮子头的名气大。这砂锅的突袭当然给我们以惊喜。十只大狮子头，汤是清的，不见油星，上面漂着几片豌豆苗，也是清清爽爽的，如同清澈的湖面上，微风吹皱，小小的波纹上的几叶绿萍。

再看那狮子头，恍若长在水中央的大花朵！细细品味那狮子头，六分肥，四分瘦，斩成肉碎，再加上荸荠，也是剁成碎丁的。没有过油，因此底色是白色的，那瘦肉显出淡淡的红，白里透红的是含苞待放的绣球花！是否搅上了蛋清我不知道，它给人的口感却是准确无误的——糯糯的、软软的、松松的、入口即化却又是脆脆的，平生没吃过这等美味的狮子头。

江都人民饭店，我记住了这个不起眼的店家，这个有点神秘的从巷子进入后门、再登楼进入"雅间"的人民饭店。那天，我一口气吃了两只大狮子头——边上的朋友见我嘴馋，把应当是她的那一只也让给我了。至于那次豪华的河豚宴是什么滋味，那厨师精心制作的频频上桌的各色各样的河豚各是什么特色，我已浑然不知，我是彻底地被一大砂锅的绣球花似的、清清爽爽的狮子头迷住了。

这应了那个成语：喧宾夺主！江都回来，再遇到肉丸子、四喜丸子、鱼丸子、素丸子或者煎的、炸的、炖的、勾芡的、清煮的，无论产自何地、出自哪家著名宾馆的叫作狮子头或不叫狮子头的，我一概认为，天下的狮子头只有这家最地道。我下定决心，我一定要重新回到江都，回到人民饭店，再从那后门进去，上楼，找到那间"雅座"，不吃河豚，只吃狮子头！

我的这篇文字，不应当是江都河豚宴记，更准确地说，应该叫人民饭店狮子头记。

二〇一二年七月二十一日

于北京大学

一路觅食到高邮

自从那年在江都人民饭店吃了那里的砂锅狮子头，不觉十多年过去了。十多年来我总是对此念念不忘。这次来到扬州，恰好被安排住在江都。我难忘"旧好"，告诉江都的朋友我要寻找十多年前我吃过的那家饭店，吃那家饭店的砂锅清炖狮子头。我说："我不想那里的河豚，我只想狮子头。"朋友一听，笑了："那饭店还在吗？还叫人民饭店吗？还做你爱吃的狮子头吗？再说，扬州到处都做狮子头，就你说的那家好吗？你这是'恋旧'！"我语塞。我的朋友安慰我："你会吃到好狮子头的，比你十多年前吃的还好。"

从到江都的那一刻开始，我的朋友每次点菜，总要点狮子头，他们安慰我，也想说服我。我也平心静气地接受他们的好意，也许是我的孤陋寡闻，也许是我的执意和偏见,我暗暗告诫自己。但是,一路吃下来,宾馆里的、外边宴会的、还有那日在瓜州镇由邗江区文联在狮子楼宴请的全鱼宴特做的,传统的,更多是改良的,清汤的,加了酱油的汤的,干烧的,油炸的,加虾仁的,垫菜心的,凡此等等,我仔细品味,细加比较,觉得味道全变,完全失去旧日的那份滋味了。我向朋友表达了我的失望,他们依然笑我,以为这种怀旧的心情是很顽固的,也是可以理解的,老人吧,都这样的!

我们下榻的宾馆位于江都新区,人民饭店是在老市区,其间有一段路程。我尽管想,却无法自行"微服私访"。但我的心是坚定的,十多年了,这番重来,我一定要找到这家令我历久不忘的饭店。说来也巧,机会到了,那日有一个活动是在老市区。车子驶过大街时,我一眼就看到了路边的那家食店,还是老招牌:人民饭店!门脸什么的,都没变,就是多了个彩色灯箱,上面依然大字写着"人民饭店"。都什么时候了,还叫这过时的名字,不怕影响生意吗?

这正是店主人的自信，不趋势，不随俗，不追逐时髦，依然故我：老字号，老传统，老手艺，老顾客。我们不妨换个位置想想，打从解放到如今，有多少工农饭店、红旗饭馆、长征餐厅、人民饭店，都纷纷换了新派的、流行的名字了，像江都人民饭店这样数十年坚持不改的，该有多大的定力，该承受多大的压力？要没有充分的信心，要没有敢于吃老本的真本事，能坚持到今天吗？不讲远的，单就我上次造访，也已是至少十多年过去了！这十多年，大家都在不断地"与时俱进"，而它偏是坚持原样。

找到了人民饭店，我如旧友重逢，自是欣喜不禁。我于是建议主人："今天中午我们就在人民饭店用餐吧。"主人看了看这门脸，面面相觑，面有难色。这次他们不再说我"恋旧"了，他们委婉地、嗫嚅地说："不行的，请你，这有点寒碜，不够档次。再说，你看这环境，上级要批评我们的。"我再次感到无奈，我毕竟是客人，客随主便啊！

同行的叶橹教授见我失意，又感我情真，连忙安慰我，并且承诺亲自陪我去高邮，他要让我吃到最好的狮子头。叶橹先生青年蒙难时在高邮住过多年,高邮是他的第二故乡,他熟悉高邮,对那里的饮食也十分自信,我是信他的。随他到高邮走走,也探望一下汪曾祺先生的家乡,借此品尝美食家汪先生引以为自豪的高邮美食,我听从了叶橹的建议。至于那里的狮子头是否"最好",就不敢说了。

一路觅食到高邮。由于叶橹先生的精心筹划,我是吃到了一桌极好的美食。那家饭店取名"随园",可知自命不凡。店主是对淮扬菜肴很有研究的中年人,那天他亲自主勺:红烧河鳗、雪花豆腐、软脰长鱼、白汁素鸡,十多样菜,都很到位。也做了一款炖狮子头,是过了油的,却吃不出我当年吃过的那种风味。主人盛情,不能扫大家的兴致,我只好默然。

我在扬州前后待了一个星期光景,人民饭店是过门而不入,空留下遗憾,还有人们对我的"恋旧"的误解。带着这种怅惘的心情回到了北京。到家,接到诗人曹利民来自江都的一个电话,她说,前天在机关办公室说到谢老师惦记的人民饭店的狮子头,同事们都说,全扬州做得最好的就是这一家。

难怪它坚持不改店名,人民饭店就是它的品牌,也是它的名牌。

二〇一二年七月二十一日

于北京大学

『三生有幸』记:
巴黎三日美食之旅

欧洲之星的豪华午餐

在世界各国的饮食上,中国不必过谦,无疑是排名第一的。也许堪与中国媲美的唯有法国,法国大餐被描写为美食的极致。在俄国的文学作品中我们看到,当年那些追逐时尚的贵族,均以能够享受到正宗的法国大餐引为荣耀。法国的美食闻名于世,而法国的美食又集中在巴黎。巴黎我不是第一次造访,我曾不止一次地"梦游"过这座世界的花都。我不懂法文,看不懂那些菜谱,因此难以接近那些美食,总是遗憾地与之失之交臂。今年秋天重游巴黎,亏了精通法国美食的导游小薛的引导,算是圆了我的美食梦。

在巴黎停留只有短短的三天,除了宾馆的免费早餐,我们每天都在外面用餐,美食是不可或缺的节目。行色匆匆,当然是无缘于那些豪华的宴席,我的要求是平常的吃食中每天都不重样,即使是早餐,那些面包、那些肉肠、那些名目繁多的果酱和芝士,也力求吃出新鲜来。导游深知我意,帮助我们圆了美食梦,每日每顿,总变着花样让我们尽情享受法国菜的特色。这真是一次难忘的美食之旅。

其实巴黎的美食,从我们乘坐的欧洲之星就开始了。从伦敦到巴黎,列车穿越英吉利海峡,大约三个小时的行程。英法两国有一个小时的时差,两国的自然景观迥然有别,首先是,伦敦那种时晴时雨、忽暖忽寒的气候,顷刻间变成了巴黎无所不在的晴暖温柔。节气已是早秋时节,伦敦已经有了星星点点的秋叶秋草,而巴黎却依然是夏季的热烈,阳光灿烂,树木青翠。列车开动不久,我们的感觉是还没坐稳,便开始送餐。列车员在折叠餐桌上铺上洁白的餐巾、银光闪闪的刀叉,好客的法国执拗地要在这窄狭的空间里,展示它的豪华。

欧洲之星车厢里的午餐,有着一副正餐的架势:

开胃酒、小点心、主菜和汤、咖啡和甜点,面包是刚烤的,带着浓浓的香味。这吃食,使小小的餐桌显得拥挤不堪。短短的旅途,在英吉利海峡的海底隧道深处,咖啡的香味伴随我们一路,冷饮也是送了一趟又一趟,法国人尽情地显示它的好客和友善。列车钻出隧道,餐巾和餐具收过,巴黎到了!

第一餐钟情生火腿

到达巴黎,我们放下行囊,马不停蹄,朝圣一般地拜访了卢浮宫。从"永远的微笑"到断臂维纳斯,从古埃及到古罗马,那些远古的辉煌,还有来自世界各地美不胜收的朝拜者,一切都不负"世界顶级的文物总汇"这个美称。饱餐了"精神盛宴",出了宫门,已是黄昏时分,巴黎的街树洒满了金色的斜阳,该是享受"物质盛宴"的时分了。巴黎的美景中,临街的咖啡座是非常抢眼的,彩色的遮阳棚、迷人的花草,加上来自全世界的盛装男女,这一切,装扮了巴黎的浪漫和高雅。巴黎人有事没事总喜欢在临街的树荫下喝一杯慢悠悠的咖啡,享受这花都的悠闲时光。

说到巴黎的咖啡馆,许多人都介绍过法国的文学大师们诸如巴尔扎克、雨果、罗曼·罗兰经常出入的地方。最近,一个意大利人皮耶罗在给黄永玉写的文章中回忆起,他曾在一个叫作洛东达(Le Rotonde)的咖啡馆里遇见过毕加索、爱伦堡和法捷耶夫。另一位中国作家陈丹燕也回忆说:"在巴黎找到哲学家和革命者云集的最老咖啡馆普罗可布,街对面就是丹东雕像,好像刚从咖啡馆里出来。"写到这里,陈丹燕悟到:"咖啡不光是镇定人心活跃感情的良药,也曾是古代伊斯兰君子们思想的牛奶、巴黎革命者们激情的维他命。"

入乡随俗,我们当然不会放弃这树荫彩棚之下的绝美享受。到达巴黎的第一餐,我们也像地道的巴黎人那样,毫不犹豫地选择了临街的一家咖啡座。巴黎时间下午七时半,地点是卢浮宫附近三一教堂临街的一家海鲜酒吧。我们一行四人中,一人要的是清蒸海虹,一人要的是羊排,一人要的是牛排,我与他们不同，要的是没有吃过的、非常有名的法国生火腿。羊排或者牛排，世界各地大抵都相似，蒸海虹有点特别，一只汤锅，点着火，海虹置于上，蒸着，那汤是滚烫的，再配以一碗鲜虾浓汤加面包。当然，必不可少的还有炸土豆条一类的配菜。

这顿晚餐中最隆重的一道菜是我点的生火腿。这道菜没有豪华的装饰，诸如生菜、草莓、西红柿等，一概从略，甚至连传统的炸土豆条也不见。白色的大瓷盘，两片薄薄的生火腿，折叠着平铺在瓷盘的半边，火腿是鲜红的色泽，薄如蝉翼，透明，盘子的另一半，平铺着金黄色的芒果片。一道菜上桌，鲜红和金黄发出耀眼的亮光，白色的大瓷盘，也发出亮光，构成了简单明晰的画面。一般的西餐，画面上出现的总是色泽艳丽的、鲜红的西红柿，翠绿的生菜，紫色的包心菜，加上必不可少的金黄的土豆条，一菜上桌，花团锦簇，鲜丽夺目。而此刻的生火腿，却是刻意的简洁明快。

我品尝那火腿，不外加任何的调味品，辣酱、沙拉酱，一概没有，只是单纯的咸和秘制的香料，味道来自腌制的火腿自身,也是不露形色的。法国人在这款菜上,不似其他的菜那么大方,相比之下有点"吝啬",一共只有两片,薄薄的、赤褐色的、透明的两片。配上那盘子另一边的甜甜的发出清香的芒果片,金黄和赭红,微咸和香甜,还有,生火腿的柔韧和鲜芒果的软糯,不论是色彩、质感还是味觉,都是两相对照,相映成趣。此刻,不能不佩服法国人的审美情趣:该浓艳的地方,大胆用色,该清爽的地方,坚定地简洁。这款生火腿,目的在于凸显简洁之美。

我端详眼前的这生冷的菜肴,此时若是五彩斑斓,便是画蛇添足。但若只有主菜,而缺了帮衬,则未免单调——法国人知道单纯不是单调。这时盘中出现的金黄的芒果片,便是恰当的"伴侣"。香气扑鼻的、微咸的火腿片,配以同样香气四溢的、酸甜的芒果片,真是相得益彰的互补——说是互补,未免显得轻,只能是:天造地设的绝配!

法国生蚝是最爱

次日的行程是凯旋门、香榭丽舍大街和塞纳河。街树、喷泉、雕塑、幽静的林荫道和开满鲜花的草坪,一切都奢华、高贵而精致。还有,让人联想到王位的更迭和战争的凯旋,大革命的吼声摇撼着协和广场,革命者蜂拥街头,以及断头台。历史的风云莫辨,而香榭丽舍永远是法兰西的华彩乐章,它是法国的骄傲。趁着巴黎中午的明媚阳光,我们走出那雄伟浑重的凯旋门,心想,作为一个外国的旅行者,我们应当像地道的法国人那样在华贵的香榭丽舍大街上吃一顿浪漫的法国餐。我们在临街的树影下坐定,阳光从高大的街树间隙漏下摇曳的光线。又是咖啡座,又是彩色的遮阳棚,四个座位,我们点的是豪华的什锦海鲜,外加两份生蚝。

这里临街,行人匆匆,而且有风,不适于吃那份冒着热气的"海鲜大全"。侍者开了单,建议我们换座到餐厅里边去,我们同意了。巴黎的生蚝全球闻名,我上次到巴黎,一口气吃了两套,引得朋友睁大了眼睛望着我。其实,这于我乃是小菜一碟。在珠海和深圳,都留下了我的"豪(蚝)情万丈"(我的学生黄子平揶揄我的用语)。巴黎的生蚝让我神往,简括地说,我到巴黎,有两件事必须做,一是拜访罗丹,二是吃生蚝。这次重访巴黎,罗丹博物馆去了,剩下的就是生蚝,我当然不会轻易放弃这机会的。

法国人吃生蚝讲究配鲜柠檬汁,我不管那些,我什么佐料都不加,我是一只一只地蘸着芥末酱油生吞。这看起来有点"野蛮",其实乃是保全生蚝本色之举。我们点的那款海鲜什锦,有海蟹、龙虾、各色的蛤蜊,当然也有生蚝,但最令我欣喜的,也还是单点的那份,肥肥的,嫩嫩的,带点海水的咸味的,让人联想起地中海湛蓝透彻的海水,海水摇漾中的马赛港迷蒙的帆影。还有,那盛产葡萄酒的波尔多,波尔多左岸,比斯开湾上空白色的海鸥在欢叫着飞翔。

盛宴落幕于鞑靼牛肉

这一天的节目最为豪华,我们访问了珠光宝气的凡尔赛。凡尔赛我不是第一次造访,但还是饶有兴趣地一一走过,凡尔赛是文艺复兴时代人们幻想的理想之城。紫杉树环绕的运河和喷泉、大大小小的湖泊,湖岸边环绕着奥林匹斯山上的众神的雕塑,让人回想当年路易十四和王室的奢华,回想当年宫门外革命者的呐喊,仿佛回到了法兰西风雨飘摇的年代。

在凡尔赛,印象深刻的是路易十四的豪华餐厅以及皇家的进餐仪式——进餐是等级森严的:皇帝和皇后是坐着的,其余亲属和众多的近臣,分层次或坐或立,环侍左右。这场面,似是宫廷朝见,更似是众人的"围观"。睹此不免感慨,饮食本寻常家事,如此肃穆庄重,有甚乐趣可言!出凡尔赛,已是当日午后,我们是有些饿了。导游小蔡,把车子开向凡尔赛附近的一条林荫道,我们寻找餐馆。当然必须是露天的,有彩棚的,而且必须是在树荫下面的，如许多巴黎人那样浪漫的。

导游小蔡善解人意，即使因停车不妥遭遇了铁面无私的女警察（开出了一张不菲的罚单）也依然一往无前。我们似乎有意挑战路易十四的皇家宴席，上演了一场纯民间的、自由的、无拘束的"午宴"。时间是参谒凡尔赛的当日下午一点钟，地点是皇宫外墙的林荫道，餐厅的名字是：Helios Pub Brasserie。一行四人，各要各的：牛排、羊排，以及烧鸭腿，都是鲜艳而靓丽的。经导游推荐，最富有巴黎特色的是鞑靼牛肉，我毫不犹豫地点了这道特色菜。

鞑靼牛肉是一道很奇妙的吃食，生牛肉被剁成肉酱，鲜红的一坨（纯肉，约重二百五十克），装盘呈椭圆形，上桌时在上面打上一只生鸡蛋，洁白盘子的另一端是金黄色的炸土豆条，配以腌橄榄和芥末酱。用的当然是刀叉，牛肉和鸡蛋均是未加任何佐料的，可以随意加盐或其他调味品。用餐时把鸡蛋打散，搅拌，佐以腌制的橄榄碎块，一口牛肉，一口土豆条，鲜红和金黄交加，糯糯的，滑滑的，生生的，加上刚炸的土豆条，是脆脆的，造出了举世无双的视觉与味觉的空前交响的效果。

鞑靼牛肉这道菜为何这样命名,问询小蔡,他也不知。记得俄国远东有这地名,鞑靼斯坦共和国。也许那边的本土人有此吃法,那边的牛肉是有名的,传到了巴黎,被嗜好美食的巴黎人魔法般地转手而为一道法国名菜了。秋日午后的凡尔赛林荫道旁,空气清洌,阳光从疏影间柔和地洒下来,我要了一份冰啤酒,就着那牛肉细细地品味这世上的奇珍,真是快如神仙!

北京的命名

巴黎的三道美食都是生吃的,都没有明显的加工。生蚝是原汁原味,不加任何添加物,鞑靼牛肉也是,只是剁成肉酱,外加一只生鸡蛋,也许生火腿有点腌制的浅加工,但也是保持了火腿的本色。可见"食不厌精"之说大可怀疑。对于有些饮食而言,能保持原本的"粗"品质就是上乘。大观园里的那道著名的茄鲞,失去了茄子的本味,已非茄子。

北京街上一度流行的香辣蟹，也是误导——失去了蟹的真味，只剩下"香辣"，那是典型的喧宾夺主。当然，这里没有断然拒绝厨艺上的恰当、适度加工的意思。这是巴黎"三生"引发的一番议论而已。

远游归来，朋友相迎。酒席间谈起巴黎的美食经历，生火腿、生蚝，还有生牛肉。座中一人文思敏捷，抚掌大呼曰："如此美食，实为难得，真是三'生'有幸！"前人说过，题目出来了，等于成功了半篇文章。于是，我郑重地开始了这篇叫作《"三生有幸"记》的消闲笔墨。

二〇一五年二月十八日至二月十九日

甲午除夜至乙未新正

于昌平北七家

杂碎汤奇遇记

几年前我写过一篇《一碗杂碎汤等了三代人》，记得是刊登在《光明日报》或什么报刊上，后来先后被《西部》和《新疆日报》转载。那当然是一篇消闲文字，但的确是正版的"非虚构文学"，连文中的关键人物如新疆原作协主席陈柏中以及他的乘龙快婿诗人沈苇等，都是真名真事，这些当事人面对我所叙述的非杜撰的"故事"也都默认。那场"羊杂碎风波"已经过去几年了，不仅陈柏中和沈苇，也不仅沈苇代"承诺"的他的女儿的宴请，至今也没有向我"兑现"。沈苇曾向我暗示过，欠了谢老师的那碗羊杂碎总是要还的，由女儿请，即使她恋爱结婚有了子女，她的子女也还是要请的。于是，我也就这么焦虑而耐心地等着，并牵挂着。以上所述，算是"杂碎汤前传"。现在所述，是它的续篇，故名之曰"杂碎汤后传"。

前传的发生地是新疆，后传的发生地则移到了宁夏。这两地，水草丰茂，都是中国西北羊肉鲜美的地方。岁月如飞，说起来，如今的这部所谓"后传"，也是三五年前的陈年旧事了。那年我受邀访问银川，陪我同游的有生于宁夏本土的几位主人，他们自豪地介绍家乡的滩羊有多么鲜美。这就又一次诱发起我的"羊杂碎情结"。那日一早，一拨人相约去吃当地最有名的羊杂碎，不知是无心还是有意，独独把我"落"下了。也许他们并不在意，对于我却是新的"伤害"。同时被"忘记"的另一位宁夏友人同情我，他安慰说："他们吃他们的羊杂碎，我带你吃更好吃的。"他的话当然温暖了我，弥补了我的"被遗忘"的失落感。

这位好心的宁夏人请我吃他认为宁夏银川最有名的烩小吃。这里当然保持了他的一份乡情、一份难忘的童年记忆。说起来有点辜负了他的一片好意，我面对这一份他所说的绝顶"美食"却是味同嚼蜡,毫无感觉。我只对又一次被羊杂碎"抛弃"而耿耿于怀。宁夏的朋友很无奈,只好安慰我"相约来年"。这一晃也就几年过去了。这个夏天我再访银川,住在宾馆每天吃同样的饭菜有点腻了,惦记的也还是那一碗始终与我失之交臂的羊杂碎汤。那天我们就要结束旅程,临行的那顿早餐一众人等还是在宾馆就餐。两位好心的朋友知道我的心,我们三人的早餐临时改为杂碎汤。他们带我去了当地最有名的一家小店"圆梦"。

小店的全称是"西门桥小宁羊杂碎",地处银川市中心的某处街区上。鲜艳的、仿佛是新刷过的翠绿色的门脸,占了约二十米长的开间,五六张桌子,十来张带椅套的靠背椅子,二三位年轻女子在忙碌。洁净、清雅、安谧,没有内地食肆随处可见的那种嘈杂。客人看来都是常客,平静地买单,平静地等待,点的菜送来了,只是平静地低头享用。这些客人,熟悉这里的行情,大碗还是小碗,纯肉的还是带面肺的,该付多少钱,他们都一清二楚。这是早晨的一餐小吃、当地人一日开始的盛宴,是一种享受，更像是一种必修课。

　　小店的清雅洁净无可挑剔，主人也很自豪，他们的招牌上大字写着"自己清洗加工"六个字。这小店是限量供应的，只供早点，中午以前就收摊了。所以来的人很踊跃，都是奔着这一碗杂碎汤来的。此刻我竭力渲染的杂碎汤，其实就是整羊之外的那些内脏，肝、肚、肠、心，等等，经过清洗加工后予以杂烩的一种民间小吃。这种小吃不光是西北有，也流传到内地，在北京我也吃过，但是远不可比。

　　小宁羊杂碎的原料是新鲜的当地滩羊的下水，细细的、薄薄的切片，煮得糯糯的、软软的，加工的精细洁净且不说，特别是那碗滚烫的清汤，浇上红油，再撒上翠绿的芫荽，红绿相间，醇香扑鼻，煞是佳好无比。多情的主人给我这个远客点了豪华版的杂碎汤，大碗，纯肉，不加面肺的。一份发面饼子、一份糖蒜、一份咸菜，都是赠送的。两位主人则是小碗加了面肺的，价钱当然要便宜得多。他们告诉我，面肺别有风味，很好吃，倒不是因为便宜。这面肺也有来历,以清水十数次灌洗羊肺,然后充以稀释的面粉入肺,加盐、清油和孜然煮成切片即成。一般吃众为了省钱,多选用面肺加少许纯肉。好在小店可以任人随意增减分量再论价,给顾客带来很多方便。

临别银川,为了一碗杂碎汤,生怕误了航班,几次想放弃,我的朋友没有同意,庆幸的是,由于坚持,终于没有贻误了这份天下美食。长想前前后后,因为一碗杂碎汤曾经造成多少遗憾!这真应了我的一位挚友说过的话:人生的过错在于错过。没有错过的人生真是美丽。我带着一种满足的心情,诚挚地感谢帮我圆梦的两位好人。而他们也真是我的知心,还是继续以这道美食诱惑我。前不久,其中一位委托另一位转来了一条微信:宁夏吴忠有一家杜优素羊杂碎西施,上过中央四台,轰动天下。他们邀我再访宁夏,直奔吴忠,再做一番美谈。我问,是吃杂碎还是看西施?答曰:兼得。

从来说,鱼与熊掌不可兼得,美丽的西施,再加上同样美丽的吴忠羊杂碎,二美可以兼得,何乐而不为？我于是盘算着另一次的宁夏之行，我要写羊杂碎奇遇记续篇——杂碎汤艳遇记。杂碎汤艳遇记，这应该是我的羊杂碎系列理所当然的新题。

二〇一七年九月二十五日
于北京昌平北七家

迎春第一宴

在中国人家，除夕的团圆饭堪称是一年中最隆重，也最豪华的一顿饭。每当此时，远在天涯的家庭成员，不辞奔驰千里，排除万难，也要赶回来吃这顿饭，为的是一家团圆，互祝平安，图个吉利。每当此时，不管多么贫穷的人家，也要把这顿饭弄得体面些。文艺作品里杨白劳躲债，除夕偷偷回家，怀揣着"二斤面"，为的是要和喜儿一起包饺子过年。在杨白劳那里，这就是他的除夕的豪华宴了。过去穷人家过年很是凄惶，现在当然不同了。

在家乡福州，儿时记忆，除夕的团圆饭也是母亲一年中用力最多、最为辛苦的一顿饭。进入腊月，母亲就着手准备。旧历年的脚步愈来愈近，母亲的操劳也日甚一日。屋里屋外彻底除尘之后，她就逐步进入"临战"状态。福州人宴席上看重红糟腌制的食物,鸡鸭鱼均可用糟腌制。洗净,晾干,用油或其他初加工,而后和着调味品和红糟将腌制品置于瓮中,密封、浸润、发酵,经月始成。开瓮,酒香扑鼻,空气中盈满醉意。这道食品,费事费时最多,这是母亲的过年攻坚战。再后来,就是蒸炊年糕和各种糍团一类的食品了。这些比较复杂的节目做过后,年关也近了。

团圆饭的丰俭随家境而定,但一般总是力求丰盛以图个好兆头。除夕宴是郑重的和喜乐的:各家各户,华灯红烛,香烟缭绕,觥筹交错,达于夜阑。守岁算是余兴,鞭炮此起彼落,花灯影影绰绰,孩子们四处游荡,女眷们围坐打纸牌。忙碌的依然是母亲,残羹剩盏,处理停当,她紧接着要连夜准备明天(即正月初一)的午宴了。新正的午宴是开春第一宴,其重要性仅次于除夕宴。不同的是,除夕是大鱼大肉的盛宴,而这一顿饭却是全素的和清雅的。

春节的第一天,第一件事是敬祖和敬天地,按照家庭的习惯,侍佛或祭祖要素食。浓郁而张扬的奢华过后,这番呈现的却是青菜鲜果的灿烂。母亲依然胸有成竹，临阵不乱。她要为这个全然不同的素食宴一口气准备十样大菜。每到此时，我不仅惊叹母亲惊人的毅力和定力，而且惊叹她的审美眼光。母亲没进过学堂，不识字，但是绝对有文化的底蕴。当家人宿酒未醒，还是她一人独掌一方，魔术般地一下子把一席素菜展示在肃穆庄严的供桌上。

记得那些菜肴用的食材品种繁多，蔬菜类的有胶东大白菜、菠菜、盖菜、绿豆芽、胡萝卜、白萝卜、冬笋和茭白；豆制品类有白豆腐、油炸豆腐、面筋、豆腐丝、粉丝；干货类有木耳、香菇、黄花菜、海带、紫菜等。这些原料经过母亲的巧手（"构思"！），幻化成一盘盘色彩鲜艳、搭配和谐、极富审美效果的精美菜肴。举例：木耳茭白、胡萝卜面筋、冬笋香菇、胶东白菜粉丝，或煎、或炒、或烩，真是琳琅满目。

印象最深的是母亲炒菠菜时，特意留下红色的根部和菜叶一起炒。（由此我才知道，菠菜的根部是可以食用的。这习惯我一直沿袭至今。）这连着菜根一起炒立即出现奇效：绿叶红根，红绿相间，闪着素油的光泽，这是何等境界！但在母亲那里，她的素炒菠菜不仅是一道清雅的美食，是富含审美意义的美食，更是一道体现精神和信仰层面的文化的美食。我清楚地记得她对这道菜的解释：红根，是祈求家道绵延、洪福庇佑的吉祥语。

正月初一清晨，昨夜守岁的贪睡的家人都起床了。漱洗，敬香，鞭炮，跪拜。供桌上摆放的就是母亲彻夜不眠的杰作：十大盘艳丽、明亮、素雅的迎春菜。祭祖，敬神，行礼如仪。香烟尽处，时近中午，正是合家围坐共庆新春的欢乐时刻。其实，说起饮食之道，也是讲究张弛的，人们被连续的酒肉大宴弄得疲惫的肠胃，一旦面对这桌全素席，给予人的当然是一个惊喜，是一个来自春天田野的味道，夹杂着炊烟和露珠的味道。

二〇一八年一月三十一日

于北京昌平岭上村

在美国吃中餐

这一次在美国逗留了十多天，除了早餐在宾馆吃的面包、起司、奶油、香肠等传统的西方食品，一般很少进美国餐馆。我的口味很宽，不像有些中国旅行者那样挑食，他们宁可吃榨菜就方便面而拒绝西餐。我每到一地，总会找机会尝尝当地美食。我知道美国的牛排很好，但很贵，一般是回避的。有一次在超市偶遇美国炸鸡（不是中国流行的肯德基），现炸，金黄金黄的，大块大块的，香气四溢，非常诱人，而且便宜，快意地饱吃了一顿。记得还有一次，是杜克大学的会议，友人组织了一次会外的"比萨宴"，奇大无比的一只大比萨，十几人一道享用，蔬菜沙拉不限量，很是惬意。贵的不一定是好的，这是我的"名言"。

这次因为同行者吃不惯西餐，加上导游的指引，我们的旅行正餐一般都选择中餐。好在美国到处都有中国餐馆,而且一般而言,价格也相对便宜。就这样,从洛杉矶、旧金山、拉斯维加斯,再从芝加哥一路东行,波士顿、水牛城、华盛顿、纽约,我们终于有机会品尝美国从西海岸到东海岸的中餐风味。走了许多城市,吃了许多中餐馆,约略而言,味道平平。一般餐馆为了迎合当地人口味,多用西红柿酱,所有的菜肴无非都是甜甜酸酸的,失去了原味,可记者鲜。

洛杉矶接风宴

但也并非一例如此,有的餐馆其烹调技艺甚至超出了国内的水平。这也自然,要是没有高超的技艺,要想在国外立足是很难的。三十年前我在加州一家中餐馆用餐,吃到一盘糟熘鱼片,白色的汤汁,微芡,微甜,酒香扑鼻。当时就惊叹它的手艺。话说回来,首先要说这番到达洛杉矶的第一餐,主人珍妮为我们摆的接风宴,席设离她寓所不远的新港海鲜酒楼。门脸不算太大，却是座无虚席，气氛热烈如同香港湾仔、铜锣湾一带所见。珍妮优雅大方，她礼节性地让我点第一道菜，而后她很熟练地点了其余的菜。

首先是象鼻蚌两吃：深海象鼻蚌肉厚，透明，鲜甜，生切片，海蜇般平铺，垫以冰块。刺身置于巨大白瓷盘上，冰清玉洁，盘的两端配以艳红的酸菜和深绿的芥末，色彩艳丽，如对佳人。美国的象鼻蚌个头大，头部单做，裹面加发酵粉，油炸，出锅撒以椒盐，松且脆，口感极佳。这道菜，一冰一火，一冷一热，互映，交融，诉诸视觉，品诸味觉，令人醉然。第二道菜是大龙虾，港式香辣制作，乃是这家酒楼的招牌菜，珍妮特意为我们点的。殷红的龙虾上桌，配以越南香料，也是一派喜气洋洋。

象鼻蚌是雪白的，龙虾是鲜红的，聪明的珍妮又点了一道清炒豌豆尖，是绿得发亮的！最后是一道清清爽爽的鱼肚蟹肉汤。这是一家香港人经营的酒楼，带来了香港酒楼的经营作风：侍者衣着雅洁，上菜快捷而适时，灵敏简洁的风格中透出港式的精明和大气。记得那天我们没有喝酒，要了米饭，是泰国的香稻米。看菜单，象鼻蚌一百零七美元，龙虾七十一美元，总共下来两百四十美元，顶尖的一道洗尘宴，虽然有点贵，但物有所值。

我们带着珍妮的美意，从洛杉矶来到了旧金山。在唐人街，导游带我们去了前不久奥巴马用餐的迎宾阁，是粤菜馆。入内，坐定，因为不饿，只点了几样小吃。大碗云吞、大碗皮蛋瘦肉粥，大家匀着吃。菜是一般，总统吃是为"亲民"，我们只是吃着"有趣"。

他乡遇"故知"

雨中纽约，紧张活动之后，饿了。吃中餐还是找中国味道四溢的唐人街。导游知道我是福建人，专门找了一家福建人开的店——"小福州"。这名字唤起了我在马来西亚的记忆，那年访问沙捞越的诗巫，那城市也有一个昵称——"新福州"。早年福州人在此谋生就业，把家乡的文化习俗完完全全地搬到了那里。街上讲的是福州方言，招牌上写的是中国文字，居所、婚娶、饮食，甚至把福德正神（福建的土地爷）也漂洋过海地请来了。福州人在远离故乡的沙捞越活脱脱地"新建"了一座福州城。我在诗巫街上看到了传统的木杵敲打的肉燕制作，欣赏了在国内几乎绝迹的虾酥、蛎饼、芋粿和一种专为纪念戚继光而制的光饼。感受到中国文化生生不息的活力，以及千里万里挥之不去的一缕乡愁。

纽约的唐人街乃是寸土寸金之地，"小福州"的门脸非常窄小。记得是一道窄窄的楼梯引人直接上楼。楼梯口立着一个广告牌，写着"美国福州业余闽剧团"演出的告示。上楼，进入餐厅，坐定。我以"福州主人"的身份"宴请"了来自台湾的同姓导游。因为是保留在记忆中的儿时食品，我贪婪地一下子点了多种，再加上一道芝麻花生馅的汤圆。都是小吃，加上小费，总共才花了十几美元。

都说儿时的味道就是家乡的味道，我在美国这间小小的食店，仿佛是回到了儿时福州的街边摊。油锅冒着热气，新出锅的炸蛎饼也冒着热气，街边站着的是被美食诱惑的背着书包的我。"小福州"的味道是家乡炊烟的味道,就因为这些"家乡的味道",使我内心充盈着"他乡遇故知"的感动。

"奢华"的告别宴

纽约让人怀念的是它的大而杂,纽约有包容性。在纽约,你可以如同能欣赏到全世界的艺术那样,可以吃到全世界的美食。纽约有点像香港,东西南北中,它总是如同一只奇大无比的聚宝盆那样,展示着来自世界各地的珍奇。它们是美不胜收而让人应接不暇的,包括美食。即使如此,我们到了纽约,依然不离不弃地钟情于中国餐。其实,按照我的初衷,应该是借此"吃遍世界"的。但同游的人口味很"固执",只好无奈地迁就。

从美国的西海岸到东海岸,我们只是俗客,每天都在赶路,走马观花,匆匆忙忙。现在要结束漫长的行旅了,纽约是最后一站。心想,这一番美国的寻食之旅应该有个华丽的结束才算圆满。在美国找华丽，首找是纽约，在纽约找华丽，首找是曼哈顿，在曼哈顿找华丽，首找是第五十五街。就是这里了，第五十五街的山王酒家。导游带我们进了门。这是一家非常高贵的酒店，也是张学良先生喜欢的中餐馆，他生前经常来此，或自酌，或宴客。门厅里悬挂着张先生与酒店主人的合影，先生依然英气逼人。

这里的气氛宁静而肃穆，用餐的人多，但却是寂静无声。侍者均是中年男子，西服，黑色领结，举止优雅。这是一家典型的上海菜馆，白色餐布，花式吊灯，餐具华美。坐定，每人一道汤，中盅，或榨菜肉丝，或鸡蛋西红柿，上桌冒着热气，颇佳。一款糟熘鱼片，一款清炒豌豆苗，一款肉片双面黄，主食是米饭。不豪华，却是清雅。三菜一汤，简简单单，消费近二百美元，要是换算成人民币，可以是国内高端宴请十人的用资了。我们此刻追求的是难得的氛围。

在美国吃中餐，对于追求美食的我，总觉得是遗憾，因为毕竟失去了对于别样风味的体验。而这种身历其境的体验,往往比间接得来的更为真切而深刻。但即使如此,我毕竟也拥有了"走遍"美国并"吃遍"美国中餐的经历。我安慰自己,这种完全自费而不事奢华的随意走走并随意地在异国他乡寻觅中国风味的经历,却也是非常特殊的经历。

二〇一八年三月十二日

于北京昌平北七家

随园八珍记

随园菜馆是高邮城里一个饭庄的名字，数次造访，印象甚佳，我细心地记下了它所在的街名：高邮菊花巷西侧。菜馆主人张建农，中年人，儒雅。他有心追随袁枚先生美食的传统，硬是把自己门脸不大的食馆叫作"随园"。我知道袁枚不仅是大学问家，是大文豪，也是一位美食家，他的《随园食单》记载着他的烹饪主张与经验，已经成为经典。张建农景仰前贤，置却诗文不论，只谈美食，硬是把袁老先生的美食学问做到了实处：他的随园菜馆的淮扬菜，堪称真传。

张先生是为兴趣开店，多半是为接待友朋，求其友声！好友叶橹，扬州大学教授，"反右"遭难被发配在高邮劳改，他视高邮为他的第二故乡。在叶橹的引领下，我有幸品尝了随园的美馔。因为是叶教授请来的朋友，每次都是张建农亲自掌勺，精心制作。一道菜完成，他端盘上座，如学生之奉作业，总是虚心听取食者的评论。询及烹调技艺，他也会充满成就感地述及。记得有一次，我凭着酒兴，随口评了他的几道菜，其中一道是素食，洁白似玉的豆腐衣，层层叠卷，切段，薄芡上桌，素雅，不加任何装饰，却是柔韧清婉，其味纯正。我以为"锦衣簪花"是一种美，而"清水出芙蓉"更是一种美。我在众多的"硬菜"中单挑这道加以赞誉，张先生甚喜，视我为知音。

因为叶橹，也因为张建农，嗣后每到扬州，必定驰车高邮，直奔随园。又一次"觅食到高邮"是在事过三年之后，这一次也是叶橹引领，吴思敬和杜海作陪，杜海于淮扬菜素有考究，那次正式宴席之前，他点评了几道冷盘，从内容到装盘，他都有独到的见解。另有一次，会议结束，要离开扬州了，我特意留下几位朋友，取道高邮，再进随园。我力劝孙绍振改签机票，为的是让他品尝我所着意的淮扬美食。一贯"幽默"并颇为挑剔的孙教授餐后大呼："谢某骗了我一辈子，这次却是真的。"

扬州菜中狮子头最为有名，随园的狮子头虽好，窃以为并不正宗。我在江都的人民饭店吃过那里的狮子头，大如拳头，清汤炖煮，肉丁，附以荸荠丁，红白相间，柔中见脆，口感极佳好。随园的狮子头经过油炸，馅中不加配料，红烧，略硬，且单调。我把这观感告知叶橹，他不以为然，曰："过去穷人吃不起纯肉馅，加上配料是为省钱！"如此坚执，我很无奈。为了照顾他的情绪，在嗣后的八珍评点中，我还是将它列入八珍，但在随园的八珍中排名靠后。

每次随园宴会，主客一起叫好的一道菜是红烧河鳗，被我誉为八珍之首。这道菜的主料是整条的河鳗，佐料并不特别，无非是素油、酱油、黄酒、糖和盐。（可能还有葱姜等，但装盘时剔去。）河鳗切段，文火慢炖，渐及收汤，赭红呈亮色，软糯如脂膏，其味表里如一，不变形，无骨，入口即化。此菜我们每次必点，每次也都一致叫好。最要紧的是，每次都是主人亲自操作，原汁原样，火候、味道、造型，丝毫不变，一概如前！我品尝此菜，总计前后四次，四次如一，这真的极难！我作为食客，每次都感到紧张，设身处地，设想掌厨者也必定紧张——甚至我们会为他捏一把汗。

把一道菜做到极致，不易，而做到每次不变样，则更难。当今盛行的肯德基、可口可乐等，它们的不变味，靠的是科学配方、定格、科学操作，不靠人力外加。而中餐不同，靠的是厨师的定力和经验，靠的是临场发挥。咸淡、火候、配料、起锅快慢，能做到丝毫不变，一如初始，主客哪能不心上发紧！古人咏美人之不可复及的极致，曰："增之一分则太长，减之一分则太短，着粉则太白，施朱则太赤。"就是此时主客面对这道菜肴的心情！所幸，我们每次吃这道菜，到底总是心情全放松，赢来的是一片喝彩！

我开先说菜馆主人儒雅，并非溢美之词。上下两层楼房，楼梯墙间，满满都是文人字画和签名。其中尤以诗人洛夫的诗和题词居多，由此可见主人的文学趣味。在随园菜馆，一般来往的也都是主人的朋友和熟悉的回头客。除非特别的客人，主人也很少亲自下厨。诗酒、烹调和文学的关联本来就不一般，赋予美食以诗意的，古往今来多有所在。以今人而言，我记忆最深的是诗人郭沫若为厦门南普陀一道素汤起的菜名——"半月沉江"！"半月沉江"，我未品尝过，也许只是半片豆制品，但却诗情满满，胜过了喷香美味！

迄今为止，最后一次访问随园，张建农高兴，取来一本提名册，要我为随园名菜排名。诸人"合议"，红烧河鳗第一，传统软膆其次，文思豆腐居三，第四狮子头。有一道是主人新的创意，汤汁，清可见底，上桌时撒上一些葱花，我受郭沫若的启发，拟为之命名曰："月明星稀"，不知诸君是否认可？

二〇二一年一月一日
于北京昌平北七家岭上村

川中码头酒楼

我电话约餐，那边就有回应：给你留着热豆浆了。这店供应免费豆浆，因为是熟客，滚烫的豆浆总给我留着，可以随时要。这家叫作川中码头的饭店，它的豆浆是自家磨的，现磨现煮，非常鲜美。就这样吸引了我，为着这碗热豆浆，我成为它的熟客。饭店原先定点在王府花园内，后迁出，临街而立。川中码头的店面不大，上下两层，有几个包间，我喜欢敞亮而通风的用餐环境，多半选择楼上临窗透亮的大间。若是冬天，温暖的阳光直接披散在餐桌上，很是惬意。

我自世纪初迁居来此，始终跟定这家餐馆，不为别的，就是它味道纯正，价位大众，量足，价廉，不欺客。这是一家川菜馆，做着地道的川菜：回锅肉、夫妻肺片、香辣乌江鱼、素烧鹅、蕨根粉，都是每次必点的菜。特别是大盆的川中豆花，冒着热气上桌，热腾腾，香喷喷。豆花薄如云彩，漂浮在勾着薄芡而泛着微红色的汤里，浓重的醋、大量的胡椒，加上香酥的炸豌豆，整体的润滑中夹杂着又香又脆的豌豆，其妙处不可言说。上桌时，撒上青绿的香菜。这道豆花汤，足够十人吃。它是定量定制的，一人、两人就餐点这道汤，都照样冒着热气大盆送上桌，不问你是否吃得完。这就是商家的诚实。

川菜中麻婆豆腐是常见，甚至必见，但做得如这家店的，却是少见。正是这道普通的菜肴，它做得如此认真、如此的独一无二，正是值得一见。豆腐润滑，肉末焦香，花椒浓郁，加上地道的郫县辣酱、不稀不稠的薄芡，一切都恰到好处。这道麻婆豆腐每次吃，每次都觉得不仅是少见，而且是仅见。我以之飨客，皆是赞不绝口。

话说至此，忘了也是每次必点的扁豆焖面。这道面条的做法有点特别，配料只是普通的扁豆，较之面条，扁豆不多，切段，入锅。面条是特别加工的：油焖即得。上桌时加碎蒜瓣，也不用传统的辣。

每次就餐,这道面条总是被"一掠而空",有时还专门打包带走。

昌平北七家位居京城郊外,附近没有大的餐馆。作为二十多年的老顾客,它几乎成了我的"定点饭店"。其实这边也还有别的去所,但我锁定了它。道理很简单,信得过。以至于从来不问这餐馆命名的缘由。"川中码头",怪怪的,是它来自川中某地?为何又是"码头"?不可考,也不问,性价比"巴适",就是它了。

二〇二一年四月二十五日

于昌平北七家岭上村

末篇

觅食寻味

我在大学任教,平常做的是学术研究,也写些文艺评论方面的文章,这是我的正业。多年前离休了,不再那么忙了,有时间写些闲文。此中着力较多的是有关美食一类的小文章,积少成多,居然也可出本小册子了。心中暗喜,我毕竟没有虚度时光。但又不免忐忑,如今这般的废黄钟而就瓦釜,人们会怎么议论我?我写着这些自己喜欢的文字,总觉得有点心虚。

我想辩解,给自己找根据,于是追寻历史,找

"先例"。一找，居然有了底气。最先找的当然是儒家经典的《论语》，让圣人为我"壮胆"。《论语·乡党》中，夫子把日常饮食与祭祀仪式联系起来，使这日常吃食顿然有了庙堂之上的庄严感。《乡党》所述，除了人们耳熟能详的"食不厌精，脍不厌细"那些句子，还有"不时，不食；割不正，不食"，以及"唯酒无量，不及乱"，等等，都可理解为夫子对于饮食的主张。

翻开中国文学史我还发现，历代文人中，诗文好又有美食记载的并不乏人。苏轼在前，袁枚在后，今人又有汪曾祺，都是美文家兼美食家的双重身份。他们都是讲究吃食的"专才"，即现在人们揶揄的"吃货"一族。其实，读鲁迅的书，也可读出他的"精于此道"来。我至今还记得鲁迅讲的"柿霜"，更不用说咸亨酒家的茴香豆和绍兴酒了。鲁迅讲究吃，频繁且阔气，他几乎吃遍了上海滩的名菜馆，几乎也吃遍了北京城里的名菜馆。除了鲁迅，民国文人中梁实秋、周作人、郁达夫也是此中的知名者。有了这些我所景慕的前辈为我壮胆，我心不虚。

其实，食非异端。典籍上说："食、色，性也。"指出此二者是人类的天性。而二字的排序，"食"又在前，是为"天"。"饱暖思淫欲"，这话有点粗俗，但却是真话。其实人类的吃，首要之义，在求生命的存在与延续。所以鲁迅才说"一要生存"，然后才能谈发展；恩格斯高度评价马克思的"发现"，"人们首先必须吃喝住穿"，然后才能从事其他。这些，都是为一个"食"字正名。

依我看，食不仅非异端，且食中有道，俗云"味道"即是。人们因精于食，从中悟出许多人生的道理。这样，我们谈美食，就绝非仅限于解决口腹之欲，其中有大道理！首先是体味人生，人生百味，饮食悉数寓之，不同的是，它诉诸味觉，即舌尖上的五味杂陈：甜、咸、酸、辣、麻、苦，甚至于"臭"。"臭"在厨中可以神奇地转换为"香"，中国的皮蛋、豆豉、臭豆腐，乃至于京城名吃豆汁，均是此种佳品。不仅中国，日本的纳豆、西餐的多种奶酪，都成功地实行了美丑的转换。

而更妙的是，美食有它更为宽泛的领域，它不仅仅凭借味觉，而且兼及视觉乃至听觉。一款松鼠黄鱼，甜酸焦脆是味觉，而它华丽的造型，又是诉诸视觉的享受。中国厨艺，装盘配菜是诉诸视觉的，犹如婚礼之有伴娘，锦上添花。我多次引用诗人郭沫若为厦门南普陀一份素汤命名"半月沉江"的例子，此命名完成的不仅是美食，而且为厨艺加入了诗学的意味。这是餐桌上的美学。这方面日本料理最为突出，日本厨师端上桌的仿佛不是一道菜肴，而是一盆鲜花，从刀工到装盘，均极具审美之心。但日本料理似乎有点过，即它着意于视觉上的效果超过了味觉上的丰美，有点喧宾夺主。

中国美食诉诸听觉的例子亦是多多，如昵称"轰炸东京"的三鲜锅巴，焦脆的锅巴盛于盘，上桌时滚烫的菜码往上一倒，发出爆炸的声响，令人精神为之一振。其余如"三大炮""炸响铃"，也都以声取胜，但亦有表面波澜不惊而沸腾于中的，云南的过桥米线即是。一只盛满汤汁的大碗，表面风平浪静，依次投入生鲜食材，顷刻之间即成熟品，实是神奇。

美食给人的启悟是多方面的，食材、配料、刀工、盛器、装盘、酒具、席次的安排、上菜的次序、其中涉及的社交仪礼等，也是含蕴多多。世界广阔，中西有别，风俗各异，烹调的学问精博广博。单以中餐为例，其间操作的细节，也是难以尽述。只说火候，文火慢炖，急火爆炒，快慢之间，差之厘毫，谬以千里！以汤而言，宽窄清浊，收汤适度，皆有学问，也是轻慢不得。

味非常物，味中有道，此道非单指舌尖而言，此道事关世态人情，涉及社会人生的大道理。美食不仅丰富我们的人生，使我们能够得到一种快感和万般乐趣，美食更能从一个侧面为我们指点世道人心乃至格物致知的迷津。我们能从美食中学会：多元、兼容、综合、互补、主次、先后、快慢、深浅、重叠，以及交叉的方方面面。美食可以是引导我们走向美的人生的一种方式。

二〇二一年三月十二日
此日京城春雨霏霏

谢冕谈吃：四问四答

附录（此文根据采访谢冕先生视频整理）

问：谢老师您好，我们知道您最主要的身份是学者，是大学问家，那您为什么会喜欢美食，美食在您的生活中，在您那么长的人生经历中，扮演了什么样的一个角色？

答：人生活中离不开吃，社会交往当中，大家在一起去谈友谊也好，谈工作也好，都有一个饭局，大家吃吃饭，谈工作谈问题就显得比较亲切。

在我们的生活当中，我觉得，比如说从小离开家庭，那么对家乡的想念，就通过儿童时的味道、过节、过年、平时父母亲做的饭食。这个味道就是很实际的，和整个家乡，和亲人、亲属之间的这种联系就非常密切。

另外想一些具体的问题，想自己的经历就离不开这个问题，想自己的家、想亲人也离不开这个问题，比如想母亲，想着她做饭的味道，永久不忘，保留在自己的记忆当中，而且有可能伴随着自己的一生。

我到北京生活很久了，想念北京也是这样的。北京的这些吃的东西、北京的一些风俗习惯，都映入自己的印象当中。具体的北京是什么样子，当然有故宫，有城楼，有各种东西，但是你离不开北京的饮食。所以，作为北京人，最想的是北京这些具体的饮食。因为我是南方人，平常吃的是米饭，到了北方以后吃面食，发现面食真的是中国人的智慧，它养了我们中国人，尤其是养了北方的中国人。把面食做得那么的品种繁多，让人历久不忘，伴随自己的生命、伴随自己的记忆，这就让人觉得我们的祖先非常伟大。

普通的稻米、普通的小麦被做成那么多品种，据说山西的面食有几百种，粗的、细的、圆的、方的，各种各样。我们祖先的智慧就体现在这里头，由稻子、麦子这些农业产品引发出许多的问题来，成为一个文化的问题，成为一种精神、理想。

当然，西方人也可以把面包做得非常好，把奶酪做得非常好，把香肠做得非常好。而我们中国人把面食做得非常好，那么你吃面食时不仅得到一种满足，而且在精神上的享受也是非常大的。

我是一个学者，做学问的人。做学问的人跟我们通常讲的"吃货"有什么联系呢？它是有联系的。做学问就是体验，体验人生、体验学术，那么就需要细致，就要了解它的源头，了解它的人格，了解它的许多变化，了解许多创造性，这就和我们的饮食有关系。

有的时候我读一个文学作品或者别的一些作品，我要读出它的味道来，那么对批评家来说，对学者来说，要寻求的这个味道究竟从哪里来？什么叫"味"，又如何体现为一种"道"？我就想到吃饭的问题。吃饭看起来是很俗的，大家口腹的享受看起来很俗，其实这里面有很多道理，而这些道理是平常的人不能体会出来的，因此我就力求要体会这些道理，也就是说味道，"味"究竟在哪，它体现了什么样的"道"。

我讲吃的时候，其实我是在想，这个味道是怎么出来的，它是怎么做出来的，它是用什么材料，这个材料又是如何加工、如何制作的，它的火候怎么样，要几秒钟还是一分钟，要马上起锅还是一会儿再起锅，用大火还是用小火。还有盐，盐用多少恰如其分，多了不行，少了就没味、乏味，所以我曾说拒绝乏味，就是这个意思，要有味，有味就是恰如其分。

这就牵涉了很多饮食上面的道理，我想把自己的体会体现在我的文章当中，告诉大家我们做这个菜，它好在哪里。想到很多文人做学问很粗糙，不去寻根究底，不讲火候，不讲描写的过和不及，我觉得人生道理、饮食道理和学问道理是一样的，是相通的。我曾经想，我写文章的开头就是"我是一个俗人"吧，其实我是一个很俗的人，我不想装作很高贵的样子，但是俗人也有俗的道理，我有的时候想，某位美食家他讲的道理讲得不够，我要把他的道理讲够了，要想讲够，我就要用心去体验，甚至我自己会去做菜。

我会做一些菜，虽然很少。做菜很有乐趣，我做菜是在进行一种创造。例如，糖醋鲫鱼是很简单的一道菜，鲫鱼不要大，大的鲫鱼做不了，小的鲫鱼煎着最好，把油给它炸透，炸到金黄，连骨头都是酥的，骨头和头部、尾巴都能吃，然后用醋、用糖、用盐、用一些酱油，酱油不要用老抽，它的颜色太黑，要用生抽。我跟老伴儿说，我的这道糖醋鲫鱼一定不怕放糖，不怕放醋，要让甜酸的味道突出出来。这个时候，这道菜就有一个道理，菜做得好不好，味道是关键，寡淡是绝对的失败，要恰到好处。待鱼炸得透了、呈金黄的时候，把这些汤汁，特别是甜味和酸味给弄进去。

我还会做荷叶米粉肉。我曾到燕园里头去"偷"荷叶，一般来说，老师不敢采这些荷叶，但我有时候会偷偷地去采集新鲜的荷叶。米粉是自己做的，做的半粗的米粉，然后碾得半粗来炒，炒到最后，发黄、发焦、有香味，然后裹在五花肉里头，最后再裹上新鲜荷叶，这个味道特别好。

类似这样的一些家常菜，我做得不一定特别好，但是我认为我把一件事情体会得比较深，想得比较细，我是在创造。如同写作一样，我在进行写作，写一篇文章，我在创造一个作品。我做菜也很用心，从备料开始，要想今天做这道菜，我要买什么东西，我要准备好，然后在操作的过程当中，是需要非常细心的，东西准备好了以后，火候、原材料、佐料，然后汤汁什么时候收，都要讲究。我刚才讲的糖醋鲫鱼，汤汁必须收干但又不是很干。

仔细想一下，做厨师的不简单。我曾到扬州随园菜馆，他们的老板就是好，去了四次，每次味道都一个样，不走样。他们的招牌菜红烧河鳗，做生了不行，做生了以后不脱骨，他的鳗鱼做得原形不变，但味道都进去了，做得不走样，真是了不起。像肯德基这样的标准化餐馆，可以做到不走样，因为它有科学配方，按照配方就行，但厨师就是靠手工操作，保持不走样是很难的。

我后来不太满意一些美食家讲美食，动不动就说这菜很好，营养丰富。我们吃的是口味，是美呀，现在电视上都是这样一些美食家、营养学家讲美食，没讲到美在何处。我力求去做这个事情，但我做不好，有时候我很遗憾，我吃过那么多的面条，而我没有记录下来，这是需要用心的。现在觉得非常可惜的，就是我在贵州遵义的那个夜晚，那碗面条太好吃了，当时天黑，匆匆忙忙的，想不起来那碗面条是什么面条了，可能是荞麦面，它是怎么做的，我都忘了，我很后悔。实际上，写文章、做学问都一样，当时就要用心记下来，我很遗憾，走了那么多地方，吃了那么多面条，都没有好好地下这个本职的功夫。

北大中文系的邵燕君曾说我是"三好"教授，喜欢"好看、好吃、好玩"，这说的就是我不务正业的方面。我觉得，人生除了工作，除了研究、读书这些以外，人生有它的乐趣，我们要抓住这些乐趣，就是要享受，只懂得吃苦不懂得享受，不行，不断吃苦也不行，要既有吃苦又有享受，吃苦以后我们再享受，享受后我们吃苦也不怕了，这个道理就是这样。

问：关于本书的选篇，您有哪些特别的考虑？

答：这本书我是从面食讲起的。我在北方吃了这么多年北方的饭，我感谢北方的大地、父老乡亲让我享受到面食，我一定要把它写出来。就从馅饼写起吧，一次我和学生高秀芹他们去小汤山的太阳城公寓看望诗人牛汉先生，老爷子不会做饭，我们到了那边，老爷子多半请我们到食堂去吃饭，点了那里的馅饼，好吃，厚、大，皮很薄，油汪汪的，外焦里润，猪肉大葱、猪肉白菜，猪肉大葱的尤其好。后来，我和学生孙民乐他们又去吃了一次，果然好。我说以后咱们就在这吃饭吧，就吃这个馅饼。

我有一个"谢饼大赛"，大赛就是那件事情引起开端的。大赛是看谁吃得多,其实是很俗气的,但是俗当中有大雅。大雅就是说我们在五道口、中关村那一带都是白领阶层、高楼林立的地方,居然提倡吃馅饼,而且馅饼还举办大赛,后面还变成了国际比赛,日本的岛由子每年春天都过来参加。

我后来从《论语》当中找到说法。孔子问弟子们,你们讲讲自己的抱负吧,子路说我要当大官,我要管理一个县城或者管理一个州,夫子点点头。后来问曾点,他正在那边弹琴,他说,我和他们都不一样,"暮春者,春服既成",夫子喟然叹曰:"吾与点也!"孔夫子一方面为天下,到处讲学,用自己的言论、道理去游说,传播自己的学问和治国平天下的道理;另一方面,他认同曾点,就是说要懂得享受,懂得享受春天的阳光,享受美服,享受诗歌,这些东西把人生很完美的一种结合给体现出来了。

我就在想,一个学者,一个比较圆满的学者,一定不满足只做学问、做苦的事情,更重要的是快乐的人生,你的人生快乐了,精神境界放松了,你的工作可能就会做得更好。

这本书里的文章,我写了一篇以后就一而再再而三了。钱锺书的夫人杨绛写了《干校六记》,我就干脆写《面食八记》吧,于是我一篇一篇写,每篇都写得认真,写了我走过的地方,我吃过哪些面条,当然也查了一些材料,这些面条好处在哪,面条有大排面、章鱼面、阳春面,还有臊子面、重庆小面。在我走过很多地方之后,我把这些东西记录下来,于是有了《面食八记》,但"八记"再写下去就有一些难了,发现有一些东西不是"八记"所能概括的,因此我在疫情期间,干脆把小吃再写一写,小吃写了"四记":闽都,我的福建老家;还有蜀都,就是成都;燕都,就是北京;还有粤港,广东的小吃流传到香港,的确做得好,它的那个馄饨面,讲究,一个馄饨就是一个大虾仁在里头,味道也很好。写完小吃,又把之前写的一些文章找出来,一共近三十篇。

问:中国的美食中,您有最推崇的吗?

答：这个问题就跟问我哪一首诗是我最喜欢的一样，这是不可能回答的，因为诗那么多，哪首诗是我最喜欢的，太多了，回答不出来，好诗我都喜欢。我对美食、对美的感觉是很丰富、很敏感的，我不分东西南北的口味，如果问我爱吃什么，没有，什么好吃我就喜欢吃。

问：您会受家乡饮食的影响吗？比方说小的时候习惯于吃什么？

答：我是福建人，但是不因为是福州的味道就觉得特别好，不然就很偏了。有的人号称美食家，但他不吃辣的；还有的美食家不会做菜，那也不行，得有体会，得有体验。北京最土的菜，就是那个玉米碴子粥，就着咸菜疙瘩，绝配，我吃得很香。巴黎的"三生"，生牛肉、生蚝、生火腿，我也能吃。有的是吃情调，有的是吃历史，等等，但是价钱要公道，菜要做得地道。

后记 —— 高秀芹

唯诗歌与美食不可辜负

2018年12月某日,先生的《中国新诗史略》新书研讨会主题词是:"一生只做一件事。"严家炎先生的发言也只有一句话:"谢冕一生不仅仅做了一件事,还做了很多事。"严先生一向以严谨著称,这话别人说没分量,严先生的话一句顶一万句。遗憾的是,我们不得而知严先生说的"很多事"具体所指。

其中,应该有美食。

其中，肯定有美食。

所以，当先生嘱咐我为他的新书《觅食记》作后记时，我一下子有了题目：唯诗歌与美食不可辜负！

记不清跟先生吃过多少次饭了，豪华或者家常，大餐还是小吃，先生都是席间那个最有战斗力的，吃得生龙活虎，吃得活色生香，吃得毫不畏惧，吃得气壮山河。那次在深圳被江湖上传为奇迹的伟大壮举——一口气吃掉17只生蚝——被师兄黄子平教授称为"豪气冲天"，我们都被吓呆了，只剩下惊叹，惊叹，还是惊叹。那时，谢老师已经是"80后"了。

2012年某日，12卷《谢冕编年文集》盛大出版后，先生邀请培文团队去吃著名的自助餐，记得光冰激凌就吃了22个，我们把哈根达斯冰激凌的盒子排成小山样，先生自鸣得意地说："真好吃，要不要再吃一个？"感觉摞在一起的冰激凌盒子比那套半人高的文集要好玩多了，那时候先生像个天真的小孩子。

自从"伟大导师"华丽转身为"伟大导吃"后，我们更加汪洋恣肆地将吃进行到底，毫不含糊地将全世界美食联合起来,大自然的馈赠、海洋的馈赠、大地的馈赠,只有遇到先生才算找到真爱,轰轰烈烈跟美食来一场激情之爱:彻底!奔放!热烈!

刚开始我们只看到了先生的能力,后来体味了他的精神,再后来领会了他的世界观。

能力归根结底要靠伟大的实力,运筹帷幄,决胜千里;方寸之内,有容乃大!有能力的人有福气了,气冲斗牛,吞吐自如!先生吃得丰沛茁壮,吃出大格局、大胸怀、大气魄,青春万岁,毫不做作!

先生从来不自诩自己是美食家,但是他对于美食最朴素的要义是有滋有味,吃得要有味道,乏味是他最痛恨的。所谓的"该咸不咸,不吃;该甜不甜,不吃;该油不油,不吃",一句话就是不要背叛本身的味道。他的世界观是包容,万物以本真呈现,以盐入味,浓淡自如,自由自在,守住本色。

青春的人跟先生共进早餐:生动,过瘾,带劲!

博大的人跟先生共进午餐:无论酸甜苦辣咸,只要地道,一律不拒,不给自己设防,不给自己下定义,自由地吃,随性地吃,随意地吃,彻底把物质精神化!

美妙的人跟先生共进晚餐:世界好物,博大宽容,可消万古愁,抓住此时此刻,为今天干杯!

先生什么都吃,唯有不吃狗肉。他说:狗是人类的朋友。

这本书是先生关于美食的美文,好吃之人众多,能把美食转化为美文的则少之又少。我们经常吃完就忘记了,只有先生可以写成文章,可阅,可读,可赏。这些年我们跟着先生吃吃喝喝,全是酒肉穿肠过,肥肉身上留。"90后"的先生还是一派天真烂漫,不仅大方吃过,还著文专写不见经传的包子馒头饺子面条,美其名曰:觅食记,不亦乐乎?

当然最要著文的是馅饼,《馅饼记俗》里有详细描述。我作为"谢饼大赛"召集人和秘书长,很成功地举办过七次大赛,在此很权威地剧透,《馅饼记俗》里的那位教授是洪子诚先生,他第一次参加就获得了新秀奖。那位想加入"谢饼大赛"的前校长是周其凤院士,第三届吃了三四个馅饼,直接丧失参赛资格。

因为疫情,"谢饼大赛"已经中断两年,唯期待疫情能在2022年春天散去,最亲爱的岛由子从京都来北京,我们把"谢饼大赛"继续举行下去!在此,我以伟大馅饼的名义向所有热爱美食的文艺界人士发出邀请,欢迎起吃在六个馅饼以上的踊跃报名参加!

2022年1月,先生是名副其实的"90后"了,这本书就当作献给他伟大美食之旅的纪念册,希望我们这些"50后""60后""70后""80后",继续跟着"90后"的伟大导师,汹涌澎湃地奔走在美食的道路上!

热爱美食就是热爱生活。

能吃就是生产力。

二〇二一年十一月六日

觅食与觅诗

跋 —— 王干

谢冕先生把他的美食散文集取名为《觅食记》，我一看题目，果然文如其人。一般人写美食都是品啊，鉴啊，或者舌尖啊，味蕾啊，谢冕先生用"觅食"，足见其谢氏的风格。

"觅"，或许是谢冕先生这一辈子的关键词，年轻时为了寻找光明，参加了革命；新中国成立后，为了寻找知识，又来到了北大。在北大的这些年间，谢冕先生始终是一个寻觅者，寻找诗意，寻找温暖，寻找真理，当然也寻找美食。这部散文集就是他寻觅美食的一个记录。

谢冕先生以诗评名闻天下，诗评者，其实是觅诗也。谢冕先生年轻时曾经渴望当一名诗人，之后他通过诗评的方式来寻找诗意，来展现诗意，来读解诗意。上个世纪八十年代，朦胧诗刚刚出炉，一时不被人理解，甚至被质疑，谢冕先生以他的敏锐和直觉发现潜藏其中的中国新的诗歌美学的崛起，引发了中国诗歌的变革以及之后文学的改革与开放。数十年间，谢冕先生觅诗不息，弘美始终。

觅诗高雅，觅食也是高雅之举。宋代文人苏东坡就是著名的"吃货"，以他命名的东坡肉至今广受"吃货"的推崇；清代大文人袁枚的《随园食单》至今还是厨师们膜拜的"圣经"；而当代作家、谢冕的好友汪曾祺则是通过写吃打通了文学与生活、文学与人生、尘界与天界的关联。觅诗一辈子的谢冕先生，现在看来也是觅食一辈子的美食家。这书里记录了他走南闯北、游东览西、吃香喝辣的故事和经历，吃的知识丰富，吃的品种多样，当然也有很多人生的哲学的感悟，比如《味鉴》说的是咸甜苦油，其实都是人生的写照、世道的感悟。

我与谢冕先生属于"味同嗜者"，几次相聚相饮，他夸赞甚至有点炫耀的便是高邮菜，而且是高邮一家藏在小巷深处的"随园"小店，非资深"吃货"不知。这让我很吃惊，也很欣喜。我爱高邮菜，属于乡土情结，属于娘胎里就带来的口味。谢冕先生出生福州，近六十年来一直在北京生活，与高邮几乎没有交集。只能说明他的味蕾之鲜活、品位之不同凡响。他对高邮菜的热爱已经到了如痴如醉的程度，最经典的故事就是他让老同学孙绍振改签航班，带孙绍振去高邮"随园"吃大厨张建农的手艺。

这让我特别感动，爱菜如此，近乎痴也，童心毕现。张建农是我的朋友，他的师傅老孙我也熟悉。原来高邮菜和扬州菜相差无几，被淹没其中，孙师傅多年实践创新，在1986年奠定了高邮菜在淮扬菜中的地位，他的好多菜现在扬州厨师也悄悄搬用。张建农传承的就是当年孙师傅的真传，他烧的红烧鳗鱼确实是一绝,甚至比他的师傅还要地道,也是谢冕先生最钟情的一道菜。

谢冕先生不仅对高邮菜、淮扬菜热爱,他对周围的各种菜肴都充满了兴趣,他关于饺子吃法的描述、对馅饼的狂热喜爱,很难想象这是出自一个福建人的口味。我最近在福建游历了一段时间,也品尝了各种美食,但福建人好像对饺子、馅饼的烹制兴趣不大,而谢冕先生如此爱戴,这只能说明他是一个胸怀广阔、口味多元的人。他在《春饼记鲜》里提出的美食的繁简之分,是一个美食家的精妙之见,也是诗学之见。诗有繁复之美,也有简洁之美,谢冕先生显然把对诗的寻觅投射到饮食的赏析上了。

王国维说,诗人之所以为诗人,在于有一颗赤子之心。嗓门高不代表感情真挚,词语多不代表诗意浓郁,诗人的本质在于有一颗童心。谢冕先生至今保持着这样的赤子之心,他在美食面前的那种无暇和无忌,童真暴露无遗,一点没有九旬老翁的迟缓与矜持,所以他反对人家尊称他"谢老",他说称谢老师就很好了。

年轻时候因为写诗,读过谢冕先生的诗歌评论,觉得诗歌评论也能如此激情、深邃,自己也写起诗歌评论,没想到处女作就被《文学评论》刊发,评论家的生涯就此开启。如今又重新写诗,寻觅诗意的初心没有改变。有谢冕先生这样的榜样在前,我等晚辈也不敢"老"得太快,也要努力爱护好"赤子"那颗大心脏。

出于这个缘故,我和谢冕先生商定,每年十一月中旬请他吃一次地道的正宗的淮扬菜,不仅是为美食而狂欢,也是为诗意,为童心。

二〇二一年十一月十八日

于润民居

图书在版编目（CIP）数据

觅食记 / 谢冕著. — 北京：北京大学出版社，2022.1
ISBN 978-7-301-32456-1

Ⅰ. ①觅… Ⅱ. ①谢… Ⅲ. ①随笔 – 作品集 – 中国 – 当代 Ⅳ. ① I267.1

中国版本图书馆 CIP 数据核字 (2021) 第 175195 号

书　　名	觅食记 MISHI JI
著作责任者	谢冕 著
责任编辑	张丽娉
标准书号	ISBN 978-7-301-32456-1
出版发行	北京大学出版社
地　　址	北京市海淀区成府路 205 号　100871
网　　址	http://www.pup.cn　新浪微博：@北京大学出版社　@培文图书
电子信箱	pkupw@qq.com
电　　话	邮购部 010-62752015　发行部 010-62750672　编辑部 010-62750883
印 刷 者	天津联城印刷有限公司
经 销 者	新华书店 787 毫米 ×1092 毫米　32 开本　8 印张　100 千字 2022 年 1 月第 1 版　2022 年 1 月第 1 次印刷
定　　价	68.00 元

未经许可，不得以任何方式复制或抄袭本书之部分或全部内容。
版权所有，侵权必究
举报电话：010-62752024　电子信箱：fd@pup.pku.edu.cn
图书如有印装质量问题，请与出版部联系，电话：010-62756370